DOS MUJERES EN PRAGA

Esta obra obtuvo por unanimidad el Premio Primavera 2002, convocado por Espasa Calpe y Ámbito Cultural, y concedido por el siguiente Jurado: Ana María Matute, Ángel Basanta, Antonio Soler, Ramón Pernas y Rafael González Cortés.

Juan José Millás

DOS MUJERES EN PRAGA

ESPASA

863	Millás, Juan José
MIL	Dos mujeres en Praga.- 1ª ed.– Buenos Aires : Espasa Calpe, 2002. 232 p. ; 22x15 cm.- (Narrativa)
	ISBN 950-852-148-1
	I. Título – 1. Narrativa Española

ESPASA ⓒ NARRATIVA

Diseño de colección: Tasmanias
Ilustración de cubierta y foto del autor: Juan Millás Sánchez
Realización de cubierta: Ángel Sanz Martín

© Juan José Millás, 2002
© Espasa Calpe, S. A., 2002
Carretera de Irún, km 12,200. 28049 Madrid

ISBN: 84-670-0128-3

1ª reimpresión argentina: 3.000 ejemplares

© 2002, Grupo Editorial Planeta S.A.I.C. / Espasa Calpe
Independencia 1668, C 1100 ABQ, Buenos Aires

ISBN 950-852-148-1

Impreso en Industria Gráfica Argentina,
Gral. Fructuoso Rivera 1066, Capital Federal,
en el mes de agosto de 2002.

Hecho el depósito que prevé la ley 11.723
Impreso en la Argentina

Este libro está dedicado
a Isabel

En el instante en el que Luz Acaso y Álvaro Abril se conocieron, sus vidas se enredaron como dos cordeles dentro de un bolsillo.

Luz, que había llegado a Talleres Literarios atraída por un anuncio del periódico, fue recibida por Álvaro, que la invitó a pasar a un pequeño despacho con libros en las paredes y en el suelo.

—Soy Álvaro Abril, hemos hablado por teléfono.

—Sí —dijo ella.

—Usted se sienta ahí y yo aquí —añadió el joven señalando dos sillas incómodas, situadas a ambos lados de una mesa barata.

—Ahora tengo ganas de salir corriendo —confesó la mujer desabrochándose el abrigo, sin llegar a quitárselo, a la vez que tomaba asiento.

—¿Y eso? —preguntó sonriendo Álvaro Abril.

—No sé.

El joven le explicó que la actividad principal de Talleres Literarios eran las clases de escritura creativa.

—Aunque también hacemos otras cosas, como la que aparece en el anuncio que la ha traído hasta nosotros.

—¿Y hay gente que se apunta? —preguntó ella.

—Empieza a haberla. En Barcelona llevan trabajando con buenos resultados desde hace cuatro o cinco años. En Madrid hemos sido nosotros los primeros. A mucha gente, cuando se jubila o tiene más tiempo libre del habitual, le apetece escribir la novela de su vida, pero para escribir, como para todo, hace falta oficio. Nosotros ponemos el oficio. La gente pone su vida y nosotros ponemos el oficio. Y es que no se trata sólo de «escribir bien», sino de seleccionar y articular los materiales. En realidad, escribir una biografía es muy parecido a escribir una novela que luego puede regalarse a los hijos o a los nietos. Constituye una forma de permanecer del mismo modo que se permanece en el álbum de fotos familiar, ¿no?

Luz Acaso debió de pensar que recitaba la información. Álvaro Abril parecía un muchacho haciendo un negocio que le venía grande. Tal vez su sueldo dependía de que personas como ella picaran en el anzuelo.

—Bueno, yo no estoy jubilada. Apenas tengo cuarenta años —dijo aparentando una ofensa que quizá no había sentido.

—Es evidente que no tiene edad de estar jubilada, perdone. Me estaba refiriendo al tipo de usuario más frecuente, pero a cualquier edad se puede desear contar la propia vida. ¿Por qué cree que desearía hacerlo usted?

Luz Acaso miró al joven de frente y dijo:

—Es que me he quedado viuda.

Dijo esta frase, *me he quedado viuda,* y tras un breve estremecimiento se echó a llorar para sorpresa de Álvaro Abril, que permaneció quieto y perplejo al otro lado de la mesa.

Alguien abrió la puerta del despacho y tras advertir la existencia de algo raro volvió a cerrarla y desapareció. La irrupción reprimió violentamente el llanto de Luz Acaso, que pidió disculpas mientras se llevaba un pañuelo de papel a los ojos.

—La gente —señaló entonces Álvaro Abril— cree que para contar la propia vida es preciso empezar por el principio: año y lugar de nacimiento, etcétera. Pero se puede empezar por el final, o por el medio, por donde uno quiera. Yo no estoy seguro de que las cosas sucedan unas detrás de otras. Con frecuencia suceden antes las que en el orden cronológico aparecen después. Si usted quiere o necesita empezar por el fallecimiento de su marido, podemos empezar por ahí y luego ir a donde sea reclamada por la memoria o por el sentimiento. Lo importante es que los sucesos que seleccionemos tengan una carga de significado importante, para que el relato respire. Y se lo digo así desde el convencimiento de que la vida, de ser algo, es eso: un relato, un cuento que siempre merece la pena ser contado.

Álvaro Abril hablaba de los componentes de la biografía como un biólogo de un organismo animal, lo que a él mismo le produjo cierto asombro, como si acabara de descubrir que había alguna familiaridad insospechada entre el hecho de escribir y el de vivir. Entonces volvió a abrirse la puerta y alguien le hizo una señal, porque miró el reloj y dijo con expresión de disgusto que tenía que empezar una clase, pero que si Luz deseaba seguir adelante con el proyecto, tendrían que ponerse de acuerdo en las cuestiones de orden práctico. Normalmente, añadió, él trabajaría con un magnetófono, aunque tomaría apuntes también. Calculó que bastaría con que tuvieran media docena de entrevistas de una hora, aunque no había normas fijas. Podían ser más o menos.

—Hay gente que prefiere las biografías cortas y gente que las prefiere largas. Una vida puede contarse en cincuenta folios o en quinientos. Ésa es su decisión.

Luz Acaso fue asintiendo a todo, incluido el precio de cada hora de trabajo y los costes de publicación del libro, si al final deseaba hacer una pequeña edición. Quería irse, seguramente para volver. Tal vez pensaba que cuanto antes terminara aquella entrevista preliminar, antes comenzarían las siguientes, de modo que debió de ser un alivio levantarse de la silla después de que se hubiera comprometido a acudir cada día a las doce. Álvaro Abril la acompañó tropezando consigo mismo hasta la puerta de Talleres Literarios, donde se despidieron entre grupos de jóvenes que entraban y salían con las manos llenas de cuadernos y libros.

꙳ Mientras cruzaba la calle, se abrochó el abrigo, que se volvió a desabrochar absurdamente cuando llegó al coche. Solía quitárselo y ponerlo en el asiento de atrás, para que no se arrugara, pero tenía mucho frío y esta vez se metió en el automóvil con él. La sede de Talleres Literarios estaba situada al fondo de un callejón de chalets antiguos que arrancaba en Alfonso XIII, cerca de López de Hoyos, e iba a morir violentamente contra el parapeto metálico de un ramal de la M-30. A la entrada del callejón, llamado Francisco Expósito, había una señal de tráfico con el símbolo de calle cortada.

Luz Acaso permaneció unos segundos pensativa dentro del automóvil. Cuando ya estaba a punto de arrancar, oyó unos golpes en la ventanilla de la derecha. Sobresaltada, giró la cabeza en esa dirección y vio al otro lado del cristal a una joven con un parche en el ojo derecho y una chaqueta de cuero del mismo color que el parche: negra. Llevaba el pelo muy corto y distribuido irregularmente.

—¿Qué pasa? —dijo Luz bajando la ventanilla.

—Que si vas hacia arriba, hacia Alfonso XIII.

—Sí.

—¿Y me puedes llevar?

—Sube.

La tuerta subió echando pestes del frío. Llevaba también una carpeta verde, de gomas, y un libro muy manoseado. Luz arrancó y preguntó a la tuerta adónde iba.

—Da lo mismo —respondió.

—¿Estudias en Talleres Literarios?

—He venido a preguntar cuánto cuestan las clases, pero son demasiado caras para mí.

La tuerta explicó a Luz que parte del prestigio de esa escuela se debía a que trabajaba en ella como profesor Álvaro Abril, un joven escritor que había triunfado a los veinte años con una novela de gran éxito, aunque llevaba cinco sin publicar nada. Se rumoreaba que tenía una crisis que lo hacía aún más atractivo.

—Yo me prostituiría a cambio de que él me diera clases de escritura —concluyó—. ¿Es profesor tuyo?

—Es mi biógrafo —respondió asombrada Luz Acaso.

—¿Tu biógrafo? ¿Qué es eso de tu biógrafo?

Luz empezó a explicar a la tuerta cómo había llegado a Talleres Literarios y de repente se puso a llorar de nuevo.

—Perdona —dijo—, no sé qué me pasa.

—Estarás débil.

—No es eso. Es que llevaba dos meses encerrada en casa, sin hablar con nadie, cuando leí el anuncio de Talleres Literarios en el periódico y concerté la cita. Dos meses sin hablar con nadie. Estaba a punto de hacer cualquier cosa, una locura, pero tropecé con el anuncio y ahora, al aflojarme, me ha dado por llorar, perdona.

Conducía al ritmo del llanto. Con tirones y frenazos a los que la tuerta permanecía indiferente.

—¿Y por qué llevabas dos meses sin hablar con nadie?

—Estoy de baja médica por depresión. Soy funcionaria y he decidido no volver a la oficina nunca, nunca, pero para no volver tengo que deprimirme más. El médico nota cuando te pones bien, así que he estado dos meses haciendo ejercicios de depresión para continuar de baja. Pero dos meses sin hablar con nadie es demasiado. Enloquecedor. Entonces vi el anuncio de las biografías, llamé a Talleres Literarios y pedí hora.

Mientras hablaba, había conducido de forma circular, por lo que se encontraban casi en el punto de partida. Daba vueltas con la conversación y con el coche. Se había nublado y sobre el parabrisas caían gotas de un agua espesa que la varilla limpiadora apartaba con un gemido hacia los lados. Esa noche había nevado sin generosidad, como nieva en Madrid. Todavía quedaban restos de una materia blancuzca en algunas esquinas.

—¿Así que Álvaro Abril es famoso? —preguntó volviéndose a la tuerta.

—Conocido, sobre todo en los ambientes literarios. Tiene cierta fama de maldito y todo el mundo espera su segunda novela. Pero ya no podrá ser mi profesor. Peor para él.

—¿Y tú qué cosas escribes?

—Reportajes, o novelas, depende. Ahora estoy preparando una cosa sobre el lumbago.

—Yo tengo lumbago —dijo Luz Acaso.

—Pues me vendría bien hablar contigo. ¿Tienes prisa?

—¿Prisa para qué? Ya te digo que llevo dos meses sin hablar con nadie.

De repente el limpiaparabrisas dejó de chirriar sobre el cristal instalándose dentro del automóvil, entre las dos mujeres, una paz palpable, casi una oleada de dicha.

Luz Acaso vivía en María Moliner, una calle estrecha, de casas antiguas, sin ascensor, que habían sobrevivido a la especulación inmobiliaria, situada detrás del Auditorio de Príncipe de Vergara. Subió por las escaleras con la tuerta detrás, para hablar del lumbago, e introdujo la llave en la cerradura con torpeza, por culpa de la excitación. Cuando logró acertar, abrió y pasó delante, guiando a su invitada.

Aun siendo oscura, la casa resplandecía con un fulgor misterioso, semejante al que producen las luciérnagas en las médulas de la noche. Tenía un breve pasillo con la puerta de la cocina a un lado y la del cuarto de baño al otro, y un pequeño salón por el que se accedía a dos habitaciones cuyas puertas, una al lado de la otra, permanecían cerradas. Desde la ventana de ese salón, a través de los visillos, se veían las casas de enfrente, casi al alcance de la mano, con balcones diminutos a los que no se asomaba nadie. Cuando las dos mujeres entraron, se puso a nevar con alguna intensidad y la realidad adquirió un cierto aire de maqueta. Entonces Luz preguntó a la tuerta cómo se llamaba y ella dijo que María José.

—María José —repitió Luz, como si tuviera problemas de memoria—. Yo me llamo Luz.

—¿Luz?

—Sí, Luz Acaso.

María José sonrió con el lado izquierdo de la boca y cuando Luz le propuso comer algo, pues eran las dos y media, dijo que sí con el mismo lado. A veces, no siempre, hablaba y reía con medio lado nada más. Y apenas utilizaba el brazo derecho. Debajo de la chaqueta de cuero negra llevaba una camiseta muy ceñida y unos vaqueros. Prepararon una ensalada abundante y un plato de embutidos y se sentaron a la mesa de la cocina para hablar del lumbago. La cocina daba a un patio interior cuya opacidad penetraba en la pieza a través de una puerta de cristal por la que se accedía al tendedero. Pero se trataba también de una opacidad resplandeciente, protectora.

—No saldría nunca de esta cocina —dijo María José—, es como si estuviéramos en Praga.

—¿En Praga?

—Sí. No conozco Praga, pero me la imagino con calles estrechas y patios interiores. Me gustan las calles que parecen pasillos.

—¿Por qué quieres escribir sobre el lumbago?

—Porque escuché la palabra en el autobús y se me quedó dentro de la cabeza, dando vueltas como una mosca dentro de una botella. Hay palabras que entran y luego no encuentran la salida. No sabía qué podía ser el lumbago, pero me gustó tanto su sonido, lumbago, lumbago, que en ese mismo instante decidí escribir un reportaje, o quizá un libro, sobre él. Desde que acabé el instituto me he dedicado a hacer cursillos de esto o de lo otro, para dar la sensación de que me encontraba ocupada, pero necesitaba ya entregarme a algo, aunque fuera al lumbago. Una mañana te levantas y te das cuenta de que ya es tarde para todo.

—Es verdad, te levantas y es tarde para todo —repitió Luz sirviendo un poco de agua.

—Mis padres no hacían más que presionarme para que decidiera de una vez qué quería hacer y entonces les dije que quería ser escritora. Curiosamente, el mismo día que escuché la palabra lumbago en el autobús, encontré en el buzón publicidad de una clínica de quiromasaje especializada en este mal. Y esa noche, en la televisión, dijeron que la Audiencia había suspendido un juicio porque el inculpado principal padecía un ataque de lumbago. A veces pienso una cosa y empiezan a sucederse manifestaciones de esa cosa. Me ocurre a menudo, pero no puedo demostrarlo.

—Te entiendo —dijo Luz.

—El lumbago comenzó a rodearme en cierto modo. Averigüé en qué consistía y resultó tratarse de un dolor difuso situado aquí, entre el final de las costillas y el principio de la cresta ilíaca, fíjate, como si fuera posible tener dentro del cuerpo una cosa llamada cresta ilíaca. Me di cuenta entonces de que había dado sin querer con un asunto fantástico, porque lo específico del lumbago, además, es que no ataca a ningún órgano en concreto, sino a una zona imprecisa llamada «región lumbar». Región lumbar: suena, si te fijas, como el nombre de una geografía mítica. Pero es que además sólo se manifestaba al doler. Una región desconocida, en fin, en la que sopla el dolor en lugar de soplar el viento... Por la noche, en la cama, pensé que ese empeño mío en escribir sobre cosas que ignoraba podría significar también que quería escribir con la parte de mí que no sabía hacerlo. Con la que sabía escribir ya había visto hasta dónde podía llegar, pues en los últimos tiempos, entre un cursillo de contabilidad y otro de ciencias sociales, había escrito una novela corta que envié a todos los concursos literarios existentes y en todos quedé bien situada, aunque no gané ninguno. Ideé el siguiente plan: me tapría el ojo derecho con un parche e inmovilizaría la pierna y el brazo de ese lado forzándome a hacerlo todo con la mano izquierda.

—¿Entonces no eres tuerta?

—Por supuesto que no, pero pensé que había vivido apoyándome demasiado en el lado derecho, reproduciendo lugares comunes, tópicos, estereotipos, cosas sin interés. Se trataba, por decirlo así, de escribir un texto zurdo, pensado de arriba abajo con el lado de mi cuerpo que permanece sin colonizar. Un texto cuya originalidad, si no otras cosas, estaría garantizada. Algunos pintores hacen esto para no amanerarse. Empiezan a pintar con la izquierda cuando resultan demasiado previsibles con la derecha.

—Yo soy zurda —dijo Luz.

—¿Y por qué comes con la derecha?

—Soy una zurda contrariada. Sólo utilizo la izquierda cuando estoy sola.

—Me fascináis los zurdos, de verdad, porque tenéis que aprender a vivir en un mundo hecho por diestros, en un mundo al revés en cierto modo. Vuestra vida es una obra de arte, sobre todo si pensamos que desde que os levantáis hasta que os acostáis no hacéis otra cosa que enfrentaros a la norma, al patrón, al canon.

—No había pensado en eso.

—Los interruptores de la luz, las manillas de las puertas, los cajones de las mesas, los grifos de los lavabos..., todo está colocado allá donde la mano derecha llega con facilidad. La izquierda tiene que hacer recorridos agotadores para obtener los mismos resultados. Cada uno de los movimientos de un zurdo constituye una pincelada de una obra de arte. Los zurdos dibujáis las palabras, por ejemplo, en lugar de escribirlas.

—Ni en mil años se me habría ocurrido que fuera tan interesante ser zurda. Muchas gracias —dijo Luz riendo.

—Yo sé bien lo que significa ese esfuerzo —continuó María José—, porque de pequeña tuve un ojo vago, el izquierdo precisamente, y me taparon el derecho para obligarlo a trabajar. Y vaya si trabajó. El mundo, contemplado desde un solo ojo, y al desaparecer el efecto de hondura, de relieve, parecía el plano de una ciudad desconocida. Más que entrar en la realidad, me desplazaba de un extremo a otro de ella, siempre en el mismo nivel.

—Una realidad plana. A veces yo también la siento así, incluso contemplándola con los dos ojos.

—*Tiene un ojo vago,* decía mi madre a sus amigas, que me observaban con aprensión, pues el ojo vago carecía del prestigio de otras enfermedades. A algunas personas les daba risa incluso. Escuché tantas veces aquella frase, *tiene un ojo vago, tiene un ojo vago...* Quizá la fascinación que me produjo la palabra lumbago cuando la oí en el autobús, procediera de aquella experiencia infantil. Tiene un ojo vago, tiene lumbago. Imagínate —añadió escribiendo sobre el mantel con la punta del cuchillo— lumbago escrito de este modo: l'um bago. Seguro que l'um bago significa el ojo vago en algún idioma.

—Me suena que sí. En catalán, quizá.

—O en rumano. Otra cosa que decidí ese día, además de escribir un texto zurdo, fue escribir sobre cosas reales. Estaba convencida de que mi fracaso anterior como escritora provenía del hecho de que había inventado historias en las que la gente no se reconocía. Comprendí que a la gente le gusta lo real. La mayoría de los escritores, pensé, hablan de cosas que no son. Y además escriben con la mano derecha, con el pie derecho, con el pensamiento derecho. Aquella noche, en la cama, cuando debería estar dormida, me incorporé excitada entre las sábanas y juré que sería una escritora zurda y realista, valga la paradoja.

—Pero come algo, mujer —dijo Luz Acaso al darse cuenta de que María José no probaba bocado.

—Ya voy, ya voy. Fui a ver lo que costaba la matrícula en Talleres Literarios porque Álvaro Abril triunfó con una novela realista, no sé si zurda, pero realista.

—Parece inteligente.

—¿Quién?

—Álvaro Abril.

—Yo creo que es la inteligencia lo que le ha impedido escribir otra novela después de aquel éxito. *El parque* le gustó a todo el mundo, incluso a aquellos contra los que iba dirigida. Era una novela materialista que le alabaron mucho los partidarios del espíritu. Como es muy honrado, decidió no escribir hasta averiguar qué le había pasado, eso dicen. A lo mejor quiere escribir algo zurdo también y no encuentra el modo. Pero bueno, íbamos a hablar del lumbago.

—En realidad —dijo Luz avergonzada—, no tengo lumbago. Te lo dije porque me apetecía que subieras a casa.

—¿Y tampoco eres zurda?

—Tampoco.

Luz se levantó y encendió la luz de la cocina, pues aunque apenas eran las tres de la tarde parecía de noche. María José se tragó una hoja de lechuga casi sin masticar y continuó hablando.

—Pero había problemas prácticos para volverme zurda de repente. No podía dejar de utilizar el brazo y la pierna derecha sin llamar la atención de mis padres. El parche en el ojo sería más fácil de justificar como una recaída del ojo vago (del l'um bago) en la pereza. He de decirte que por un momento me desalenté. La ambición de un proyecto como el mío requería un espacio físico singular para llevarlo a cabo: tal vez un país zurdo, una ciudad zurda. Pero no tenía ni idea de cómo sería una ciudad zurda, aunque hay lugares como Praga que me parecen zurdos.

—¿Esta casa te parece un poco zurda?

—Un poco, sí. Por eso te dije que era como si estuviéramos en Praga.

—Ahora lo entiendo.

—Tras darle muchas vueltas al asunto, decidí que me limitaría a utilizar con disimulo el lado izquierdo en los menesteres para los que habitualmente venía utilizando el derecho. Así, tal día como hoy sonó el despertador y lo apagué con la mano izquierda, haciéndolo caer al suelo por falta de pericia. Luego me cepillé los dientes con la mano zurda, me duché y me lavé la cabeza sin utilizar la derecha ni una sola vez y regresé al dormitorio agotada, encomendando a los dedos de la mano izquierda la penosa tarea de abrochar los botones de la blusa, mientras relegaba a la derecha a tareas de apoyo. Aún no hacía una hora que había comenzado la ocupación de mi costado vacío y ya empezaba a tener una perspectiva diferente de las cosas. Tardé mucho en desayunar y apliqué la mantequilla tomando el cuchillo con la mano izquierda y sujetando el pan con la derecha. Por supuesto, masticaba nada más que con los dientes y las muelas del lado izquierdo. La comida tenía otro sabor, incluso otra textura. Estaba descubriendo un mundo de sensaciones. Mi madre no dijo nada, aunque me miró un par de veces con expresión de lástima. Mi padre no estaba. Se levanta de madrugada para ir a Mercamadrid a comprar el género y desde allí se va a la pescadería.

—¿Tenéis una pescadería?

—Sí, es una de las cosas que me animó a hacerme realista. No puedes ser pescadera y escribir novelas fantásticas, ¿comprendes?

—A mí las pescaderías no me parecen realistas.

—Pues te aseguro que lo son.

—Cada una tiene derecho a percibir las cosas a su modo. A ti esto te parece Praga.

María José comió apresuradamente un par de hojas de lechuga y retiró el plato a un lado.

—Estoy procurando no comer —dijo—. Los místicos no comían y ya ves tú.

—Si quieres tomamos un café en el salón —dijo Luz.

Una vez acomodadas en el sofá del pequeño salón, las dos mujeres permanecieron un rato mirando hacia la ventana. La nieve se había transformado en agua y llovía con una intensidad sobrecogedora.

Cuando Luz se volvió a mirar a María José para hacer una observación, comprobó que se había dormido sin tomarse el café. La tapó con una manta y le dio un beso en la frente al tiempo que dilataba las aletas de la nariz: le preocupaba que oliera a pescado, pero no. Luego se quedó mirándola mientras escuchaba el ruido de la lluvia como si fuera música.

Esa noche, Álvaro Abril había sido invitado a una fiesta en casa de su editor. No le apetecía ir, nunca le apetecía, pero siempre iba por miedo a quedarse fuera. Si le hubieran preguntado fuera de qué, le habría dado vergüenza responder.

Llegó tarde, por miedo a ser de los primeros, y cuando entró la casa estaba llena. Ni siquiera le abrió la puerta el anfitrión, sino un individuo alto, encorvado, de unos sesenta años, con un vaso en la mano, y un cigarrillo entre los labios, que le dijo:

—Si no me ves, no te preocupes. Estoy muerto. Soy el fantasma de un escritor muerto. En vida, publicaba mi obra nuestro anfitrión y me he quedado atrapado en sus fiestas.

Álvaro le dio el pésame y avanzó por el pasillo entre la gente, como un náufrago, temiendo no encontrar ninguna tabla a la que asirse para permanecer a flote. Una mujer que también tenía un vaso y un cigarrillo le detuvo.

—Álvaro Abril —dijo—, me encantó *El parque*.

—¿El qué?

—Tu novela, *El parque*.

—Gracias —dijo y continuó braceando en busca de una tabla.

No le disgustaba que le hablaran bien de su novela, pero había sido publicada hacía cinco años y era imposible mencionarla sin aludir también a su sequía posterior. Después de un halago de ese tipo, siempre venía la pregunta fatídica: ¿Estás trabajando en algo? Había comprobado que no le creían cuando decía que sí ni cuando decía que no. En general, su silencio era observado con desconfianza. Unos temían que estuviera escribiendo una obra maestra y otros estaban locos por confirmar que se había quedado seco. Una primera obra de éxito no garantizaba nada, sobre todo si se trataba de una novela autobiográfica y sincera. La frontera entre la sinceridad y el oficio era cada vez más difusa.

La gente hablaba formando grupos de tres a cinco personas que, por su modo de mirar fuera del círculo, parecían convencidas de que lo interesante se cocía en otro lugar. Cada poco, alguien se desprendía de su grupo, como un gajo de una naranja, y se integraba en otro sin dejar de vigilar los alrededores. Los labios y los ojos se movían siempre en direcciones distintas.

Había políticos, actores, actrices, periodistas y hasta un entrenador de fútbol. Era relativamente fácil, pues, huir de los escritores, cuyas cabezas flotaban dispersas entre la multitud. Álvaro siguió el curso de la masa sin abandonar el pasillo y al pasar por delante de una habitación con las puertas abiertas vio a cinco o seis personas alrededor de un televisor, siguiendo un partido de fútbol. Una de esas personas se volvió y le miró con expresión hostil, quizá para que no se uniera al grupo. No lo hizo. Continuó andando hasta el final del pasillo, que terminaba en una cocina sin puertas, donde cuatro hombres soltaban sonoras carcajadas a propósito de algo que acababa de decir uno de ellos. Había un jamón sujeto a unos hierros, con un cuchillo al lado, para que la gente se sirviera. Cortó un par de lonchas, por hacer algo, mientras los individuos reían.

En esto, uno de ellos reparó en él.

—Eres Álvaro Abril —dijo—, a mi hijo le gustó mucho tu novela.

—Gracias.

—Le diré que te he visto.

—Gracias.

Álvaro abandonó el jamón y salió al pasillo. Le acababan de decir una de las frases que más temía: a mi hijo le gustó mucho tu novela. A mi hijo le gustan mucho tus tonterías, querían decir. Y yo me cago en tu padre, dijo él moviendo los labios, aterrado ya por no encontrar con quien hablar, pues le pareció que la gente comenzaba a mirarle. Esta vez se metió por la primera puerta abierta que le salió al paso y entró en un salón grande, forrado de libros, a cuyo fondo, de espaldas, vio a Laura Ancos, la directora de Talleres Literarios, su jefa, que hablaba conmigo. Mi último libro, una recopilación de reportajes publicados en prensa, había funcionado bien, e intentaba convencerme de que diera alguna clase de escritura periodística en Talleres Literarios.

Laura Ancos hizo las presentaciones y bromeó con la posibilidad de contratarme.

—No nos vendría mal —dijo Álvaro Abril sin ninguna convicción.

—¿De qué das clases tú? —le pregunté.

—Este año imparto un curso sobre la construcción del personaje —dijo. Pensé que utilizaba el verbo *impartir* porque era el que utilizaban los profesores de universidad. No era lo mismo dar un curso que *impartirlo*. Arqueé las cejas con gesto de admiración, como si hubiera recibido el mensaje.

—Y escribe biografías por encargo —añadió Laura.

Álvaro enrojeció como un adolescente mientras Laura explicaba la nueva línea de trabajo abierta en Talleres Literarios.

—¿Y funciona? —pregunté.

—Hasta ahora sólo ha venido una persona —dijo Laura—, pero los principios son siempre difíciles. Cuando se convierta en una moda, habrá trabajo para todos. Para ti también, si quieres.

—¿Y quién es esa persona? —pregunté dirigiéndome a Álvaro.

—Una mujer —respondió incómodo.

—Esta mañana —añadió Laura riéndose— abrí la puerta de su despacho y sorprendí a la biografiada llorando a moco tendido.

—¿Se puso a llorar mientras te contaba su vida? —pregunté echando una mirada al grupo de al lado, en el que se acababa de integrar el director de mi periódico.

—Es que se ha muerto su marido —dijo Álvaro—. La gente llora cuando pierde a los seres queridos.

—La gente llora cuando pierde a los seres queridos —repitió con sorna Laura Ancos—. Excelente expresión. Con muchas frases así escribirás una biografía a su medida, que por otra parte es lo que nos hace falta para no quebrar. Lo más probable es que la buena mujer odiara a su marido, pero ahora llora cuando se acuerda de él. Los seres queridos. Excelente título para una novela. Suena a Tolstoy, quizá a Chejov. Los seres queridos, es que me encanta, de verdad. En una novela de ese título saldrían todos los seres que más detesta el ser humano, incluido el hámster del niño de la familia, y se titularía así: *Los seres queridos*. Por cierto, que me he cargado al hámster de mi hijo haciéndole tragar un ansiolítico diario. Ayer le dimos tierra en la maceta del geranio. Yo presidí el cortejo fúnebre y conseguí dar la impresión de estar destrozada. Fue magnífico. La asesina acudió al entierro y dio muestras de dolor, etcétera.

Álvaro Abril y yo nos miramos con gesto de paciencia. Laura Ancos tenía unos cuarenta años. Tras unas incursiones juveniles en la literatura, se había dedicado a la «gestión cultural» y acabó montando Talleres Literarios, que era el primer negocio de su vida que había durado más de un año. Cuando estaba sobria, resultaba discreta, incluso tímida, pero esa noche no había parado de beber.

—¿Mataste al hámster de tu hijo de verdad? —preguntó Álvaro.

—Sé que lo de las biografías va a funcionar —respondió ella volviéndose hacia mí—. Hay medio mundo deseando contar su vida y otro medio deseando oírla. Sólo es preciso poner en contacto a los oyentes adecuados con la historia adecuada. Acordaos de lo que os digo: acabaremos ganando más dinero con los productos secundarios que con las clases de escritura. La literatura del siglo XXI será literatura industrial o no será. Es curioso que mientras el resto de la realidad se encuentra en la era posindustrial, la literatura apenas acaba de entrar en el mercado. Vamos con cien años de retraso, pero nunca es tarde.

Álvaro Abril estaba avergonzado, de modo que se volvió a mí para justificarse y dijo que aunque sólo había tenido una entrevista con la mujer de la biografía, había descubierto de repente que podría salir un gran libro de ahí.

—¿Pero qué tiene esa mujer para que salga un gran libro? —preguntó Laura francamente agresiva.

—No tiene nada. Ése es su secreto, que no tiene nada. Es una mujer normal, del montón. ¿Pero os imagináis el resultado de describir la normalidad de forma minuciosa?

—Eso ya se ha hecho.

—Ya se ha hecho todo, no tiene que ver.

—Con tal de que no te olvides de que esto es un negocio, me da igual lo que hagas, corazón —añadió Laura, y desapareció detrás de un presentador de televisión dejándonos solos a Álvaro Abril y a mí, que durante unos segundos no supimos qué decirnos.

—Te has quedado enganchado a la mujer esa, la de la biografía —dije al fin.

—Sí, no sé.

—A lo mejor te sale bien e inventas un género.

—Tiene que ser un texto muy periodístico.

—Lo mejor de *El parque* era su registro periodístico.

Noté que era la primera vez que una persona mayor le hablaba de su novela sin perdonarle la vida. Se sintió turbado y culpable por no haberme halagado antes que yo a él.

—¿De verdad crees que Laura ha matado al hámster?

—Tienes talento, muchacho —dije—. Sabes cuándo hay que tomar un cabo suelto. Y sí, sí lo ha matado.

En esto, el director de mi periódico echó un vistazo fuera de su círculo y su mirada tropezó con la mía. Ambos nos movimos para estrecharnos la mano. Abril, al quedarse descolgado, se alejó para no parecer indefenso y regresó a la cocina, donde los cuatro hombres de antes continuaban riéndose. Abrió la nevera, como si buscara algo, aunque no tomó nada. No bebía y le parecía ridículo utilizar el recurso de llevar un vaso en la mano. Aun en las situaciones más difíciles, Álvaro Abril realizaba estos pequeños gestos que él consideraba heroicos. No fumar, no beber, no comer más de lo que hubiera comido si se encontrara en su casa. No claudicar, en fin.

En esto, se abrió la puerta de lo que parecía una despensa y salió riéndose un hombre que se unió al grupo mientras otro se encerraba en el cubículo. Álvaro supuso que entraban allí para esnifar alguna porquería. Esta vez parecían no haber detectado su presencia. Criticaban al dueño de la casa como si él fuera invisible, por lo que se sentó en un taburete, junto a la mesa, con la esperanza de ser atacado por alguna decisión. Mientras esperaba, observó los ojos brillantes de los hombres, y de súbito, en vez de ser atacado por una decisión, se sintió invadido por una clase de euforia que reconoció en seguida, pues era idéntica a la que proporcionaba la proximidad del diablo en una novela de Mark Twain que leyó de adolescente, en el instituto. Había sentido esa euforia en dos o tres ocasiones anteriores y siempre había puesto algo importante en marcha. La última vez, había sido el motor de su única novela, *El parque,* escrita en apenas tres meses, aunque en las entrevistas dijo que dos años. Sintió la necesidad de irse a casa y empezar algo, empezar algo.

Se levantó y cogió de la nevera una botella de agua mineral que bebió con un placer extraño, ya que todos sus sentidos se hallaban especialmente receptivos. Mientras el agua pasaba por su garganta se vio a sí mismo dentro de su cabeza como si fuera transparente. Vio caer el agua en un estómago limpio y rebotar contra las paredes. Luego vio los estómagos de los hombres que reían, transparentes también, y comprobó que parecían bolsas de la basura. Se sintió superior, capaz por fin de acometer una obra importante, y salió al pasillo pensando en Luz Acaso. Se asomó a una habitación, creyendo que se trataba del cuarto de baño, pero era un dormitorio en cuya cama estaba sentado el hombre que le había abierto la puerta.

—Tú estás muerto también, puesto que eres el único que me ves —le dijo, y Álvaro cerró la puerta de golpe, asustado, y salió de nuevo al pasillo. Era el diablo.

Esta vez buscó directamente la puerta de la calle y abandonó la fiesta.

El frío de la calle, al golpearle en la cara, le estimuló como una droga. Caminó durante un rato para atenuar la excitación, la prisa, y mientras caminaba reproducía dentro de su cabeza el encuentro con Luz Acaso. Sólo tendría que escribir al dictado de esa mujer para hacer algo que le redimiera de la parálisis consecuente al éxito de *El parque*. Lo mejor de todo es que el material estaba fuera de su cabeza. No tenía más que tomarlo y ordenarlo. Tampoco tendría que buscar recursos artificiales para huir, como hiciera en *El parque*, de lo autobiográfico. Luz Acaso parecía un regalo del destino, en fin.

Cuando empezó a sudar debajo de la ropa, detuvo un taxi y se fue a casa. Vivía en Corazón de María, cerca de Talleres Literarios, en un ático con una terraza grande desde la que observó con indulgencia la

M-30 y los automóviles que por ella se movían. Aquellas vidas pequeñas sólo tenían sentido cuando alguien las contaba. La Historia era la historia del sentido, se dijo yendo de un extremo a otro de la terraza, hasta que el frío le obligó a regresar al interior, donde cogió un cuaderno de apuntes y anotó lo más importante del primer encuentro con Luz Acaso. El ataque de creatividad no impidió, sin embargo, que el miedo le visitara esa noche como casi todas las noches. No se trataba de un miedo adulto, si hay miedos adultos, sino de un desasosiego infantil. Comenzaba fuera de él, con el crujido de un mueble o con el sonido de unos pasos que parecían proceder del dormitorio, pero en seguida, los pasos se metían dentro de su cabeza y aunque reuniese el valor suficiente para comprobar que en el dormitorio no había nadie, ya no salían de ella hasta el amanecer. Hay personas que concretan sus terrores abstractos en miedo a los ladrones o a los criminales. Álvaro Abril, no. Lo que temía encontrar cuando se asomaba a su dormitorio era un fantasma. Creía en los fantasmas por la noche y perdía la fe en ellos por la mañana. Las cosas no habían mejorado desde que abandonara la casa de sus padres, hacía ya más de cuatro años, para vivir solo. Al principio pensó que era una cuestión de tiempo, pero ahora empezaba a dudarlo.

Tenía una rutina del pánico consistente en encender todas las luces del salón e ir tomando el resto de la casa a golpe de interruptor. El resto de la casa estaba constituido por una breve cocina, un cuarto de baño reducido y un dormitorio con parte del techo abuhardillado, que se apiñaban en torno a una minúscula pieza de distribución a la que denominaba sarcásticamente pasillo. Con todas las luces de la casa encendidas, el miedo se atenuaba, pero no desaparecía. El día que me confesó su miedo a los fantasmas y le pregunté con qué clase de espíritu temía tropezar, dudó un poco, calculando si me merecía una confidencia de ese calibre, y al final decidió que no, aunque me relató sin pudor alguno lo que sigue:

Después de encender las luces, si no se quedaba dormido en seguida, cogía el periódico y leía la página de contactos, fantaseando con comprar una compañía que le quitara el miedo. A veces llegó a marcar un número de teléfono, pero siempre colgaba antes de que le contestaran porque tenía más miedo a la respuesta que al fantasma. Esta vez su dedo cayó por casualidad sobre un reclamo que decía: «Viuda madura, domicilio y hotel». La combinación le sedujo, incluso le excitó. Sólo habría podido llamar a una persona a quien considerara más desamparada que él. Marcó el número, pues, que correspondía a un teléfono móvil, y aguantó un timbrazo, dos, tres timbrazos; al cuarto, cuando ya estaba a punto de colgar, respondió una mujer:

—Diga.

—Hola —dijo él esperando que la mujer tomara la iniciativa, porque no sabía cómo actuar.

—Hola, cariño —añadió ella—. ¿Cómo te llamas?

—Álvaro —respondió él un poco desconcertado, pues no esperaba esa desenvoltura de una viuda madura.

—¿Y dónde estás, Álvaro?

—Estoy en mi casa.

—¿Tú solo?

—Sí.

—¿Como un viudo?

—Como un huérfano —le salió sin que se lo hubiera propuesto.

—Pues una viuda y un huérfano tienen muchas cosas en común. ¿Quieres que mamá te haga una visita?

—Sí.

—¿Y sabes cuánto cobro?

—No.

—¿Y qué prefiere mi pequeño, que se lo diga ahora o luego?

—Luego.

—Entonces, te lo diré luego, cariño.

Daba la impresión de que la mujer se movía por el interior de una vivienda mientras hablaba con él, pues se sucedían ruidos domésticos tales como el de una cisterna, una taza al golpear contra un vaso, un grifo y el canto de un canario, o quizá de un jilguero, que a ratos subía de tono. Esa domesticidad excitó aún más a Álvaro, que se apresuró a darle la dirección de su casa.

—Estoy cerca —añadió ella—, en menos de media hora llamaré a tu puerta.

Álvaro colgó el teléfono. Estaba sudando. De súbito, percibió un extraño vacío acústico a su alrededor. El ruido de los automóviles al deslizarse por la M-30 llegaba ahora atenuado, como si se filtrara a través de los tabiques de una dimensión ajena a la suya. Canturreó cualquier cosa, para ver cómo se escuchaba su voz, y le pareció que procedía de una instancia paralela también. Entonces se levantó y recorrió la vivienda en busca del fantasma, pues necesitaba algo familiar para tranquilizarse, pero el fantasma, o su posibilidad, había desaparecido. Todo era opaco, en fin, pero había en esa opacidad algo más terrorífico que en la transparencia fantasmagórica anterior. Esto es porque he atravesado la frontera de algo, se dijo, he dado un paso al frente y ahora me encuentro en un lugar distinto al que me encontraba antes de llamar a esa viuda madura. Inmediatamente pensó en anular la cita, pero cuando ya tenía el teléfono en la mano, imaginó a la mujer bajando las escaleras de su casa, la imaginó en la calle, la imaginó en un taxi. De repente, ya no era una mujer menesterosa, sino una mujer furiosa que de todos modos se presentaría en su casa para organizarle un escándalo.

Abandonó el teléfono sobre su horquilla y salió a la espaciosa terraza para ver si el frío le hacía recuperar las sensaciones corporales normales, pues hasta sus movimientos parecían dirigidos a distancia: por él, sí, aunque desde un lugar remoto, pues se encontraba y no se encontraba allí al mismo tiempo. Entonces vio el frío, pero no fue capaz de sentirlo, y vio cómo la niebla se condensaba alrededor de la luz de las farolas, pero tampoco notó la humedad. La única humedad era la que procedía de su propio sudor. Estaba en el mundo, pero aislado de él como por una campana de cristal. Supuso que en aquel lugar o estado en el que se encontraba ni siquiera existía la fuerza de la gravedad, pues al recorrer la terraza de un extremo a otro tenía que hacer un gran esfuerzo para mantener sus pies pegados al suelo. Algunas veces había tenido en esa misma terraza alguna fantasía suicida. Se asomó ahora y calculó que si se arrojara al vacío su cuerpo, en lugar de caer, flotaría sobre las casas, sobre las calles, sobre la M-30. Cerró los ojos y tuvo una visión de la ciudad a vista de pájaro. Pero al mismo tiempo que la visión tuvo una idea: ¿Y si la mujer a la que había telefoneado era precisamente el fantasma al que tanto temía? Sabía por sus lecturas literarias que estamos condenados a tropezar con aquello de lo que huimos y comenzaba a sospechar que los fantasmas eran seres reales. Le pareció asombroso no haberse dado cuenta hasta ese instante de que no hacemos otra cosa que cruzarnos con fantasmas cada día. Supo que cuando uno espera a que cambie de color el semáforo está rodeado de fantasmas, y que el autobús y el metro están llenos de fantasmas, y que en los restaurantes comemos muchas veces al lado de fantasmas, aunque él no había sido capaz de comprender esta verdad palmaria —así la llamó él, «verdad pal-

maria» (¿de dónde habría sacado el adjetivo?)—
hasta ese instante.

Y en ese mismo instante se detuvo un taxi frente a
su portal y vio descender de él a una mujer de negro
que sin duda era el fantasma que él mismo había re-
clamado por teléfono unos minutos antes: era su madre muerta, porque Álvaro tenía dos madres como
más adelante se verá.

La madre muerta llegó al piso en cuestión de segundos. Era una viuda madura, efectivamente, de
unos cuarenta y dos o cuarenta y tres años, que se quitó
el abrigo negro en el salón, colocándolo con mucho
cuidado sobre el respaldo de una silla.

—Estás bien instalado —dijo echando un vistazo a
su alrededor.

—Gracias —respondió él.

La viuda madura llevaba debajo del abrigo negro
un jersey negro y una falda negra y unas medias ne-
gras, y todo el conjunto estaba un poco desgastado,
como el uniforme de un funcionario subalterno.

—¿Y bien —preguntó ella—, qué clase de número
te gusta?

—Me gustaría que te ducharas —dijo él.

—¿Quieres que nos duchemos juntos?

—No, quiero que te duches tú sola, mientras yo te
miro.

—¿No serás un psicópata, muchacho?

—No —dijo él enrojeciendo.

—¿Entonces por qué quieres que me duche yo
sola mientras tú me miras?

—Porque de pequeño me escondía en un cesto de mimbre para la ropa sucia que había en el cuarto de baño de casa y veía a mi madre ducharse.

—¿La veías ducharse mientras olías sus bragas sucias?

—A veces, sí.

—Pobre niño huérfano —dijo la viuda madura atrayendo a Álvaro hacia sí.

—Vamos al cuarto de baño —dijo él.

—De acuerdo, cariño, pero antes deja el dinero en esta mesa, pisado por este jarrón. No me lo voy a guardar hasta que no acabemos, pero me gusta verlo.

Álvaro no discutió el precio. Siempre tenía dinero en metálico en un armario de su dormitorio y a veces lo contaba. No era un avaro ni nada parecido, pero le gustaba tocar los billetes, y contarlos, por razones que ni él mismo alcanzaba a comprender. Cogió, pues, los billetes del armario y los colocó sobre la mesa, pisados por el jarrón.

—Me llamo Marisol, por cierto —dijo ella.

—Como mi madre —señaló él con sorpresa.

—Me alegro.

Se dirigieron al cuarto de baño y la viuda madura comenzó a desnudarse con movimientos provocadores que molestaron a Álvaro.

—No te desnudes así —dijo—. Haz como si yo no estuviera, como te desnudas cuando estás sola.

—Qué caprichoso es el huérfano este —protestó ella de manera retórica.

La ropa interior de la viuda madura era, sorpresivamente, roja, lo que desagradó a Álvaro, aunque esta vez no dijo nada.

—Ahora métete en la ducha y deja las cortinas abiertas.

—¿La bañera de tu casa no tenía cortinas?

—No.

La mujer abrió el grifo antes de meterse en la bañera, para calcular con la mano la temperatura del agua, y sin darse cuenta llevó a cabo el primer gesto no retórico, lo que satisfizo plenamente a Álvaro. Después, como si con ese gesto ella misma hubiera recuperado el gusto por la cotidianeidad, comenzó a ducharse igual que si estuviera sola, canturreando incluso una canción. De vez en cuando miraba hacia el rincón en el que permanecía Álvaro, pero parecía no verle.

—Mójate también el pelo —dijo él.

—¿Tienes secador, cariño?

—Sí, no te preocupes.

Mientras Álvaro la observaba se excitó con la fantasía de que la viuda madura fuera el verdadero fantasma de su madre muerta, pero la excitación cedió cuando la mujer cerró la ducha y recogió la ropa interior de color rojo. El fantasma de su madre jamás se habría vestido así. Entonces volvió la realidad en el modo en que se muestra habitualmente. Los ruidos no procedían de ninguna dimensión paralela y la voz de Álvaro comenzó a salir del interior de su propio cuerpo, como era habitual. Eso, en cierto modo, facilitó las cosas, pues comprendió que resultaba más fácil entenderse con una puta que con un fantasma.

—Sécate la cabeza si quieres —dijo—, estaré en el salón.

Mientras escuchaba el zumbido del secador y reflexionaba sobre el cuidado con el que la mujer había depositado su abrigo negro —su uniforme— sobre el respaldo de la silla, se arrepintió de haberla llamado y supo que no habría penitencia capaz de perdonarle aquel pecado, así me lo diría, en esos términos tan curiosamente cristianos en un joven escritor descreído.

La viuda madura comprendió que su trabajo había terminado, pero se sentó a su lado, en ropa interior, y encendió un cigarrillo, como con miedo a no haberse ganado el sueldo.

—No eres viuda, ¿verdad? —dijo él.

—Como si lo fuera.

—No te preocupes, tampoco yo soy huérfano.

—Pues es un alivio. ¿A qué te dedicas?

—Soy escritor —dijo Álvaro, e inexplicablemente se le saltaron las lágrimas como a Luz Acaso cuando le había dicho que era viuda.

—Conozco a otro escritor que se echa a llorar por nada también. Sois unos flojos.

—No es que seamos flojos —respondió él reprimiendo el llanto—, es que la vida nos debe algo que no nos da.

—Para problemas, los míos, cariño. Tengo una hija mayor en Francia que no sabe a lo que me dedico.

—¿Y qué hace en Francia?

—Estudia Farmacia. Si estuviera en España, tarde o temprano averiguaría a qué se dedica su madre. La he tenido desde pequeña en internados, gastándome una fortuna. Así que no llores porque la vida te debe no sé qué.

—¿Y a qué cree tu hija que te dedicas?

—Cree que vendo joyas, ya ves tú. Si yo fuera escritora, escribiría de cosas reales, como la de tener en Francia una hija convencida de que su madre vende joyas. He tenido que aprenderme las diferencias entre los rubíes y los diamantes. ¿Las conoces?

—No —dijo Álvaro.

Entonces la viuda madura le dio una verdadera lección de minerales cristalizados y piedras preciosas mientras dejaba escapar volutas de humo en dirección al techo. En algún momento, para referirse al rubí, utilizó la palabra carbunclo, o carbúnculo, con cuya pronunciación parecía disfrutar como si moviera un dulce dentro de la boca.

—Se dice de las dos formas —añadió—, carbunclo y carbúnculo, pero a mí me gusta más carbunclo.

—Parece una enfermedad —dijo él.

—Pues no es una enfermedad, ya ves tú. No me amargues la noche.

La viuda madura apagó el cigarro, recogió el dinero, pidió ella misma un taxi por teléfono, y mientras se ponía la falda negra y el jersey negro continuó dándole lecciones básicas de joyería. Álvaro me diría luego que había envidiado la honradez con la que se había documentado aquella mujer para engañar a su hija. Él jamás se habría documentado de ese modo para hacer más verosímil una novela, por lo que se preguntó quién era más puta de los dos, si la viuda madura o él.

Cuando se quedó solo, regresó el miedo al fantasma, por lo que se quedó a dormir en el sofá y cogió un poco de frío.

Al día siguiente, Luz Acaso llegó a Talleres Literarios a las doce menos diez y se quedó dentro del coche, escuchando la radio, para hacer tiempo hasta las doce. El programa de la radio trataba sobre la adopción y me habían invitado para que contara algún caso. Hablé de madres que entregaron a sus hijos en adopción al nacer y que después de muchos años decidieron buscarlos para verles el rostro. También conté historias de hombres y mujeres que averiguaron casualmente que eran adoptados y que ahora buscaban a su verdadera madre para conocer su rostro. Insistí en esa curiosa necesidad de conocer el rostro de la madre o del hijo perdidos, como si el rostro contuviera una escritura portadora de un mensaje esencial.

Pasaron unos minutos durante los que no sucedió nada dentro de la cabeza de Luz Acaso. Al volver en sí, se dio cuenta de que había empañado los cristales del coche con su respiración, que se había convertido en una suerte de jadeo. Entonces miró el reloj, bajó del coche, cogió el abrigo del asiento de atrás y se dirigió a la puerta de Talleres Literarios.

Álvaro Abril salió en seguida a recibirla acompañándola al mismo despacho del día anterior. Luz Acaso se sentó en el mismo sitio, también sin quitarse el abrigo, y él encendió el magnetofón:

—Al principio —dijo— le parecerá inevitable estar algo pendiente del aparato, pero en seguida se olvidará de su existencia.

—La verdad es que cohíbe un poco —dijo ella retirándose el pelo hacia atrás.

—Bueno, da la impresión de que obliga a decir las cosas un poco más elaboradas de lo normal, pero usted no le haga caso. Exprésese como quiera y hable de lo que le dé la gana. Ya me encargaré yo de seleccionar y articular los materiales.

Luz Acaso carraspeó.

—A ver qué sale —dijo.

—Si quiere, por romper el fuego, podríamos empezar por lo de ayer. Me había dicho usted que era viuda.

Luz Acaso se abrió los faldones del abrigo descubriendo una falda negra, de piel, que Álvaro Abril no pudo evitar mirar.

—Perdón, ¿no quiere quitarse el abrigo? —preguntó.

—No del todo —dijo ella—, hace frío aquí.

—Estos chalets antiguos tienen muchas pérdidas.

La mujer permaneció mirando al vacío, en la dirección de Álvaro, quien insistió:

—¿Y bien?

—Tengo que confesarle una cuestión previa. No soy viuda. Le mentí ayer. De repente me vino a la cabeza la idea de que era viuda y no fui capaz de reprimirla.

Ella hizo una pausa durante la que Álvaro Abril permaneció inmóvil, como un mueble, con la respiración contenida y los ojos clavados en dirección a la mujer.

—No soy viuda —añadió—, eso era mentira, pero mi llanto era verdadero. Lloraba de verdad por una pérdida falsa. Y es que he tenido muchas veces esta fantasía, la de quedarme viuda, aunque nunca he deseado casarme. Parece contradictorio, pero dentro de mí no lo es.

La mujer se quedó de nuevo en silencio y por un momento pareció que el universo entero se había callado al escuchar su confesión. El roce de la cinta del magnetofón acentuó aquel silencio escandaloso, que rompió finalmente Álvaro Abril:

—Las fantasías —dijo— también forman parte de la realidad. No se preocupe.

—¿Podría incluir entonces todo eso en mi biografía? —preguntó la mujer intentando reprimir las lágrimas—. ¿Podría incluir que, aunque no soy viuda, mi temperamento es el de una mujer que ha perdido a su marido? ¿Podría, en una autobiografía verdadera, colocar ese dato falso?

—Sí —dijo él—, se puede hacer.

—¡Pero si no es verdad! —añadió ella retirándose una lágrima única del ojo derecho con el dorso del dedo índice.

—No sería verdad para un currículum, pero sí para una biografía.

—Entonces, cuéntelo, cuente que sentí la pérdida de mi marido como, como...

—¿Como una amputación?

—Como una reposición más bien, una reposición de algo que había perdido al casarme. Mientras él vivía, yo no sabía hacer nada práctico, ni firmar un cheque, ni arreglar un grifo, nada. No sabía lo que pagábamos al mes de gas, de luz, de agua. Todo lo llevaba él. Al principio creí que no podría salir adelante yo sola, pero luego encontré placer en aprender, y cada conquista que llevaba a cabo me servía también para darme cuenta de hasta qué punto había estado sometida a sus intereses. Creo que llegué a odiarle un poco. Un día desarmé un enchufe de la casa que no funcionaba. Para mí, el interior de un enchufe era tan misterioso como el interior de una cabeza. Pero vi que no tenía más que dos cables y que uno de ellos estaba suelto. Lo sujeté al tornillo del que parecía haberse desprendido, armé de nuevo todo y funcionó. Entonces, lejos de alegrarme, sentí una tristeza enorme y me eché a llorar. Pensé que habría dado cualquier cosa por que él me hubiera visto arreglar aquel enchufe. ¿Comprende?

—Sí —dijo Álvaro Abril tomando notas en un gran cuaderno.

Luz Acaso se desprendió entonces del abrigo y lo dejó caer sobre el asiento, detrás de su espalda. Llevaba un jersey negro muy fino, de cuello redondo, en el que se marcaban los huesos de sus hombros y de sus clavículas, pues era muy delgada. Daba un poco de frío, o de piedad, ver un cuello tan frágil, completamente desnudo.

—¿Cómo se llamaba su marido? —preguntó Álvaro.

—Ya le he dicho que no era real, de modo que no necesitaba llamarse de ningún modo. No logré encontrarle un nombre que encajara con su temperamento.

—¿Desea que hablemos de otra cosa? ¿Algo de su niñez, quizá? ¿Quiere describir a sus padres?

—No, no, prefiero continuar con mi marido. Verá, el día del entierro sucedió algo un poco misterioso. Como falleció en casa, pusimos la capilla ardiente en el salón. Yo habría preferido ponerla en nuestro dormitorio, para no tener que andar moviendo el cadáver. Pero mi madre dijo que cuando estos ritos funerarios se llevaban a cabo en el domicilio, la capilla ardiente se colocaba en la habitación más grande y la menos íntima. De modo que con la ayuda de los vecinos y de los empleados de la funeraria retiramos los muebles del salón y montamos una capilla ardiente que no tenía nada que envidiar a la de los tanatorios de verdad. Yo siempre he sido partidaria de morirme en casa. Me he muerto, imaginariamente, claro, tres o cuatro veces y ninguna de ellas en el hospital. También algún día me gustaría hablarle de mi propia muerte.

—De acuerdo —dijo Álvaro.

—Mi madre se ocupó de colocar en el recibidor una especie de velador con un libro de firmas y una bandejita de plata para que quienes acudieran al velatorio estampasen su firma y dejaran su tarjeta de visita. Mi madre era viuda y conocía bien aquellos ritos que impregnan de dignidad, creo yo, estas situaciones dolorosas. Cuando terminamos de montarlo todo, a eso de las diez de la noche, empezó a llegar gente. Al principio se trataba de gente conocida, pero luego, a medida que pasaban las horas, la casa se llenó de sombras que hablaban entre sí con una taza de café entre las manos. Perdí el control sobre los visitantes. Me saludaban personas a las que no había visto en la vida. Yo daba las gracias mecánicamente, suponiendo que eran compañeros o compañeras de trabajo de mi marido, o bien familiares lejanos, de los que sólo aparecen de entierro en entierro, en fin. Al amanecer, mi madre me dio una pastilla para que aguantara.

—Una pastilla de qué.

—No lo sé. Al tratarse de una pastilla irreal, no necesité ponerle nombre. Era una pastilla para aguantar. Le aseguro que hay pastillas para eso.

—Perdone, siga.

—Pues bien, por la mañana llegaron los de la funeraria, bajaron el féretro, fuimos al cementerio e incineramos al difunto. Hasta ahí, todo normal. Al regresar a casa, caí rendida y estuve durmiendo dos días seguidos, eso dijo mi madre. Me levanté muy débil de la cama y me hice un caldo para reanimarme. Había perdido las ganas de comer. Me senté en una butaca que tengo delante del balcón y me puse a mirar las casas del otro lado de la calle como una convaleciente. Vivo en una calle muy estrecha, que se parece a las calles de Praga. Ahora me doy cuenta de que la muerte de mi marido fue en cierto modo como el fin de una larga enfermedad. La enfermedad había sido el matrimonio. Por eso yo estaba convaleciente. Convalecía de él, y tuve la impresión de que se trataría de una convalecencia larga, larga. La entretenía mirando álbumes de fotografía antiguos, de cuando éramos jóvenes, porque nos conocimos muy jóvenes. Yo me quedé embarazada de él a los quince años. Fue un escándalo en nuestras familias. Decidieron que seríamos incapaces de hacernos cargo del bebé y lo dimos en adopción por un sistema que había entonces que no se sabía a quién se entregaba el niño. Tú no te enterabas de nada, ni siquiera del sexo de tu hijo, porque no te dejaban verle la cara para que no te encariñaras con él. No sé si fue un niño o una niña, perdone, pero no puedo recordar esto sin emocionarme. Muchas veces me he preguntado cómo sería hoy su cara. A veces voy por la calle mirando a la gente y me digo éste o ésta podrían ser, éste o ésta no. Aquello sí que fue una amputación. Luego, cuando nos casamos, no quise tener hijos porque me parecía una traición a aquel niño o a aquella niña que quizá no llegara a saber nunca que había sido arrancado con violencia de su madre.

Luz Acaso se puso el abrigo por los hombros, como si los recuerdos le hubieran producido frío. Álvaro Abril se pasó la lengua por los labios enrojecidos, observando, entre la fascinación y el miedo, a Luz Acaso. Había dejado de tomar notas, confiándolo todo al magnetofón, cuya cinta llegó en ese instante al final, produciendo un ruido seco que sobresaltó a los dos. Álvaro se apresuró a darle la vuelta y Luz Acaso continuó su relato.

—Mi hijo tendría ahora su edad —añadió por sorpresa.

—No se lo va a creer, pero da la casualidad de que soy adoptado —dijo él—. Nunca conocí a mis verdaderos padres.

—La vida está llena de coincidencias, si uno sabe verlas. Me he dado cuenta de que este callejón se llama Francisco Expósito.

—Es lo primero que vi cuando empecé a trabajar en Talleres Literarios, el nombre de la calle.

—Pero usted no es Expósito.

—Soy Abril. Recibí el apellido de mis padres adoptivos.

—Pues bien, quedamos en que me había sentado frente al balcón como una convaleciente. Mi madre venía a veces y me preparaba comidas nutritivas que apenas era capaz de tragar. Ya he dicho que miraba álbumes de fotografías antiguas y todo eso. Pero un día cogí el libro de firmas del velatorio de mi marido y me puse a hojearlo. Se trataba en realidad de un gigantesco libro de contabilidad, que era lo más parecido a un libro de firmas que había encontrado mi madre en la papelería. Algunas personas habían escrito en el *Debe* y algunas en el *Haber*. Las frases eran sencillas y convencionales, pero de repente tropecé con una que me llamó la atención porque decía así: «La verdadera viuda estuvo aquí sin que nadie la reconociera, así es la vida». Había habido otra mujer, en fin, y no se trataba de una mujer con la que mi marido hubiera tenido una aventura pasajera, puesto que se postulaba como «la verdadera viuda». Cuántas existencias paralelas, pensé, se pueden llevar a cabo en una sola existencia sin que lo adviertan ni las personas más cercanas. A nadie, hasta hoy, le había contado lo de mi hijo, por ejemplo, y sin embargo la ausencia de ese hijo ha ido creciendo junto a mí sin que nadie, nadie, ni siquiera la gente más cercana, advirtiera ese vacío tan escandaloso. Comprendí perfectamente a aquella mujer que decía ser la viuda verdadera, entre otras cosas porque yo, más que un marido, había perdido una enfermedad. Yo no era una viuda, sino una convaleciente. Hice memoria de las mujeres que me habían dado el pésame durante la noche del velatorio, pero no logré deducir cuál de ellas era la viuda verdadera, con la que me habría gustado hablar para cederle el título oficial de viuda a cambio de que me hubiera contado cosas de mi marido que yo ignoraba. Crees que conoces a las personas y ya ves. Pero pasó tanta gente aquella noche por mi casa y estaba yo tan aturdida, que me fue imposible seleccionar un rostro de entre todos los que me habían saludado. La viuda verdadera se llamaba Fina, así había firmado en el libro, al menos, un nombre que sin ser original suena un poco raro, incluso un poco cómico.

—¿Y cómo me dijo que se llamaba su marido? —volvió a preguntar Álvaro Abril con el gesto de quien ha olvidado un dato sin importancia, para tratar de situar la verdad a un lado de la biografía y la mentira al otro.

—Ya le he dicho que no tenía nombre, no se me ocurrió ninguno que le cuadrara.

—Perdón, es cierto.

—Busqué entonces entre las tarjetas de visita, que estaban guardadas en un sobre, y encontré una en la que ponía: «Fina, discreción y compañía para caballeros serios. Veinticuatro horas». Abajo figuraba el número de un móvil al que llamé en seguida, aunque colgué cuando respondió una mujer.

—¿Y? —preguntó Álvaro Abril.

—Estoy un poco cansada. Si no le importa, lo dejaremos aquí por hoy.

Álvaro Abril miró el reloj. Dijo:

—Como quiera. De todos modos, va a ser la hora.

Por lo que más tarde me contaría María José, Luz Acaso abandonó Talleres Literarios perturbada, pero dichosa, aunque habría sido imposible señalar dónde terminaba la perturbación y comenzaba la dicha, pues la una se introducía en el territorio de la otra como los dedos de dos manos cruzadas. El coche parecía ir solo. Nunca las velocidades habían entrado con aquella facilidad ni los semáforos habían cambiado tan oportunamente de color. López de Hoyos, que era una calle caótica, se comportaba como un mecanismo de precisión en el que todo sucedía al servicio de algo. Frenó y vio cruzar por delante de ella a una mujer con bolsas que sin duda se dirigiría a un sitio misterioso. Quizá a una cocina. Descubrió de súbito que las cocinas eran lugares raros, capaces de provocar acontecimientos en las cabezas de quienes entraban en ellas. Pensó en la de su casa y le apeteció llegar. El día anterior, cuando María José, la tuerta, se despidió después de haber dormido la siesta en su sofá, había vuelto a repetir lo de Praga:

—Qué suerte, vivir en Praga sin necesidad de salir de Madrid. Creo que en una casa como ésta sería capaz de escribir una gran obra sobre el lumbago. O sobre el l'um bago.

Luz debió de sentirse orgullosa. Su vida había adquirido un valor inexplicable. Tenía una casa en Praga y una biografía en marcha. Y el tiempo continuaba centroeuropeo, aunque las temperaturas habían subido un poco en las últimas horas.

Colocó el espejo retrovisor de manera que en lugar de ver el tráfico se viera a sí misma. De este modo, cada vez que miraba distinguía sus propios ojos e imaginaba que eran los de una pasajera que viajaba a su espalda, persiguiéndola, aunque cada vez se sentía más lejos de sí misma. Iba dejando atrás una vida para abrazarse a otra.

En esto, el ocupante de un automóvil situado a su derecha le gritó algo obsceno y ella salió de su ensimismamiento pensando que quizá había realizado alguna maniobra incorrecta. No le importó. Es más, observó con una indiferencia extraña el rostro del que salían los insultos y sonrió. Después, sin abandonar la expresión, giró el volante y se aproximó al automóvil hasta rozarse con él. Vio la cara de desconcierto del automovilista vociferante, que se apartó a un lado y frenó. Ella, en cambio, aceleró y lo dejó atrás. Cuando miró por el retrovisor, ya no estaban sus ojos.

Había cerca de la casa de Luz un solar en el que siempre encontraba sitio para aparcar el coche, aunque ella solía pasar primero por delante de su portal, por si aparecía un hueco. No vio ninguno, pero sí a la tuerta, María José, de pie, en el portal, con una bolsa de viaje en el suelo, esperando evidentemente que llegara. Dio un par de vueltas más, para observarla, y finalmente aparcó en el solar. Cuando llegó al portal, María José tenía la bolsa en la mano, como si se hubiera cansado de esperar y estuviera dispuesta a irse.

—Hola —dijo Luz.

—Hola, ¿puedo subir?

En las escaleras María José dijo que sus padres la habían echado de casa por negarse a trabajar en la pescadería.

—Puedes quedarte unos días conmigo —dijo Luz.

—¿Cuántos días? —preguntó la tuerta.

—No sé, unos días, hasta que decidas qué vas a hacer.

—Ya te he dicho lo que quiero hacer: escribir algo sobre el lumbago. O sobre el l'um bago.

Luz abrió la puerta de su casa y entró seguida de la tuerta. Cuando estuvieron dentro, se volvió y preguntó:

—¿Y cuánto tiempo te llevará escribir ese libro?

—En Madrid me habría llevado toda la vida, pero en Praga es cuestión de semanas.

Comieron juntas, como el día anterior, en la cocina oscura y luego se sentaron en el sofá. Luz contó a María José que Álvaro Abril era adoptado.

—Podría ser mi hijo, fíjate —dijo riéndose—, porque yo entregué en adopción a un hijo que ahora tendría su edad.

—¿Pues cuándo lo tuviste?

—A los quince años. Me quedé embarazada de un hombre que después murió. Nada más tener al niño, me lo quitaron y se lo entregaron a otra mujer que esperaba en la habitación de al lado, para fingir que lo había parido ella. Ni siquiera pude verle la cara. Eso es lo que más echo de menos de él: no haberle visto el rostro.

—¿Cómo sabes que era un niño?

—No lo sé. Pudo ser una niña. Tú también podrías ser mi hija.

—Yo no soy adoptada.

—Pues me parece que te acabo de adoptar.

Luz y María José rieron. Estaban sentadas en el sofá, delante de la ventana que daba a María Moliner, y la tarde tenía, como el día anterior, una oscuridad en cuyo interior parecía haber una burbuja de luz. Quizá la burbuja de luz estuviera más en las cabezas de ellas que en la tarde; el caso es que la oscuridad proporcionaba acogimiento y la burbuja de luz prometía futuro.

—¿Te importa que me quite el parche un rato? —preguntó María José.

—Por favor.

La tuerta se quitó el parche y al abrir el ojo derecho proporcionó a su rostro un golpe de luz que deslumbró a Luz.

—Qué guapa eres —dijo.

—No quiero ser guapa. Quiero ser eficaz. Háblame de Álvaro Abril.

—Es tímido.

—¿Y qué más es?

—Nervioso. Se muerde el labio inferior así —dijo Luz mordiéndose el suyo—, por eso lo tiene siempre un poco enrojecido.

—¿Y qué más?

—No sé qué más. Hoy estaba un poco acatarrado.

Permanecieron en silencio y al poco María José adoptó la postura del día anterior, para dormir un rato. Dice que antes de perder la conciencia, oyó un golpe de viento, y al abrir los ojos vio cómo el cristal de la ventana se llenaba de gotas de lluvia que en seguida formaron regueros. También vio que Luz abría su bolsa de viaje y comenzaba a vaciarla. Al final encontró *El parque*, la novela de Álvaro Abril. Se sentó junto a María José y comenzó a leerla.

Yo, entretanto, trabajaba en un reportaje sobre la adopción. Tengo la flaqueza de atribuir a la casualidad una intención oculta. Quizá el mundo se sostiene sobre una red invisible de casualidades. Si un fragmento de esa red queda al descubierto ante tus ojos, cómo evitar la tentación de tirar del hilo. Cuando estábamos juntos, mi mujer me acusaba de tener un temperamento religioso. No me importa llamarlo así, puesto que la red de la que hablo *religa* o une lo disperso y le otorga un sentido.

Había recogido suficiente material sobre la adopción para un libro, pero lo tenía aparcado, a la espera de que se me ocurriera el hilo conductor en torno al que organizar toda esa documentación. Mientras el material reposaba, conocí por casualidad a Álvaro Abril en las circunstancias que ya han quedado descritas. Entonces, no sabía que era adoptado. ¿Lo era?

Dos o tres días después de que me presentaran a Álvaro, me sucedió algo curioso: un soltero sin hijos, un amigo al que conocía desde la adolescencia, pronunció delante de mí una frase enigmática:

—Si yo hubiera tenido hijos —dijo—, el mayor tendría ahora veinticinco años.

Habíamos cenado juntos, solos, y luego habíamos ido a tomar una copa, como siempre que nos veíamos, una o dos veces al mes desde hacía treinta años. Los dos éramos cincuentones y a mí me parecía un milagro conservar aquella costumbre a la que sacrificaba cualquier otro compromiso. En algún momento hice un comentario sobre mi hija y entonces él dijo aquello de que si hubiera tenido hijos el mayor tendría ahora veinticinco años.

—¿Y el pequeño? —pregunté conteniendo la respiración, pues no estaba seguro de haber oído bien.

—El pequeño tendría veintidós —dijo llevándose el vaso a los labios con gesto de nostalgia.

Yo tenía muchos testimonios sobre mujeres que se habían desprendido de sus hijos sin llegar a verlos. Durante años, fue una práctica habitual en algunos sanatorios de monjas. La joven que no podía hacerse cargo de su bebé paría en una habitación mientras que en la de al lado esperaba la madre falsa. No se trataba propiamente de una adopción, puesto que a efectos legales la madre falsa registraba al niño como si lo hubiera tenido ella. Pasado el tiempo, algunos de estos bebés, convertidos en hombres o mujeres, descubrían por azar el engaño y caían en la obsesión de conocer sus orígenes. Las madres a quienes se los habían arrebatado sin permitirles disfrutar de ellos siquiera unos segundos soñaban, por su parte, con encontrar a esos hijos de los que no se pudieron despedir. Muchas iban por la calle diciéndose: éste podría ser; este otro no; aquélla quizá; aquella otra, de ninguna manera.

Algunos colegas sabían que yo llevaba tiempo inmerso en esa investigación y me facilitaban datos, o me los solicitaban. Por eso, el día en el que Luz Acaso llegó diez minutos antes de las doce a su segundo encuentro con Álvaro Abril y permaneció dentro del coche escuchando por la radio un programa sobre la adopción, yo estaba al otro lado, en la emisora, aportando los testimonios que ella oía: ahí está la red de casualidades con las que se teje la realidad. Naturalmente, esto lo supe mucho después, pero creo que debo decirlo ahora.

Pues bien, cuando mi amigo pronunció aquella frase *(si hubiera tenido hijos, el mayor tendría ahora veinticinco años)* pensé que en la vida de las personas era más importante lo que no sucedía que lo que sucedía. Aquel soltero aparente tenía en otra dimensión oculta una familia imaginaria, una familia que llevaba construyendo al menos desde hacía veinticinco años. Pensé entonces que cada uno de nosotros lleva dentro un «lo que no», es decir, algo que no le ha sucedido y que sin embargo tiene más peso en su vida que «lo que sí», que lo que le ha ocurrido. Es posible que haya personas en las que misteriosamente se cumpla «lo que no» y deje de cumplirse «lo que sí», pero no tengo ningún caso documentado de lo que, de existir, sería una aberración pavorosa. Pensé en mí mismo: era un buen autor de reportajes, pero lo que pesaba en mi vida no eran esos reportajes tantas veces premiados, sino una novela inexistente, que sin embargo estaba escrita en una dimensión distinta a aquella en la que me desenvolvía. Muchas de las mujeres que habían entregado a sus bebés a una madre falsa habían tenido después una vida feliz, en ocasiones llena de descendencia. Pero el hijo más importante de todos era «el que no». Algunos de esos hijos, por su parte, habían crecido en familias falsas envidiables, pero una vez que se enteraban de su condición espuria no hacían sino añorar aquella otra familia inexistente, «la que no».

Todo el mundo tiene una herida por la que supura un «lo que no», que ningún «lo que sí», por extraordinario que sea, logra suturar.

Imaginé a mi amigo hacía veinticinco años, el día en el que no nació su hijo mayor y también el día en el que no se casó. Supe en seguida con quién no se había casado porque habíamos sido compañeros de facultad y conocía a todas las chicas con las que no había salido, aunque sólo se había enamorado de una con la que —ahora me daba cuenta— no había vivido durante todos aquellos años, y con la que tampoco había tenido dos hijos, el mayor de los cuales no tenía ahora veinticinco años.

Esa noche no pude dormir. Continué hilvanando la biografía paralela de mi amigo. Lo recordé sentado en la playa algunos veranos que había pasado las vacaciones con mi mujer y conmigo, cuando éramos jóvenes y nuestra hija era pequeña. Siempre había tenido una habitación disponible en nuestra casa, donde se adaptaba con gusto a las rutinas familiares. Lo recordé, decía, sentado en la playa con un libro entre las manos. A ratos, dejaba caer el libro y se perdía en la ensoñación de los hijos que no había tenido con la mujer con la que no se había casado. Quizá cuando yo le veía perder la vista en el horizonte estaba echándoles un vistazo, para que no se ahogaran. Tal vez veía cómo sus hijos jugaban con la mía. Recordé entonces que mi amigo, a medida que mi hija crecía, me había hecho preguntas curiosas, de orden práctico, un poco inexplicables en alguien sin familia. Un día se interesó por el calendario de vacunas. Quería saber a qué edades se vacunaban los niños y de qué. Tal vez llevaba una cartilla imaginaria de vacunas. Siempre se interesó también por sus estudios y tomaba nota de la edad en que se aprendía a dividir o a hacer quebrados o ecuaciones.

—¿Tiene tu hija más dificultad con la lengua o con las matemáticas? —preguntaba con un interés que para mí resultaba enigmático.

Comprendí entonces el sentido de todas aquellas preguntas. Cada vez que yo llevaba a vacunar a mi hija, él llevaba a no vacunar a sus hijos. Podía verle, en esa otra dimensión paralela a su vida de soltero sin hijos, no llevando a sus hijos al colegio, no llevándolos al cine, al circo, a la hamburguesería, a los museos. Me pregunté si en esa existencia de «lo que no» ocurrirían desgracias, como en la existencia de «lo que sí». ¿Tendrían fiebre los hijos no reales? ¿Cogerían el sarampión, la gripe? ¿Toserían por las noches, en la cama, al otro lado del pasillo oscuro?

De súbito, comprendí muchas cosas de mi amigo, y quizá de mí mismo, que hasta entonces había tomado por rarezas inexplicables. Tal vez en esa existencia de «lo que no» su vida había sufrido reveses que yo no era capaz de imaginar. Advertí lo cruel que había sido cuando le decía que él no tenía preocupaciones. Vaya si las tenía, y quizá más grandes que las mías.

Había un vínculo misterioso entre todo aquel material sobre la adopción que había acumulado y el descubrimiento de «lo que no». Quizá, pensé, había estado reuniendo documentación para trabajar en una cosa creyendo que estaba trabajando en otra. Esa noche, me desperté a las cuatro de la madrugada y comencé a escribir un cuento titulado *Nadie*.

El tercer encuentro entre Luz Acaso y Álvaro Abril empezó como los dos primeros. Él salió a recibirla al vestíbulo de Talleres Literarios y la acompañó hasta el despacho dudando si debía ir delante o detrás. Ella se sentó y se desabrochó el abrigo sin llegar a quitárselo. Llevaba un jersey muy parecido al del día anterior, aunque de color malva, y una falda de tela cuyo borde quedaba por debajo de las rodillas incluso al sentarse. Álvaro abrió el cuaderno y cuando consideró que ella estaba preparada encendió el magnetofón. Luz Acaso tosió, se ruborizó un poco y comenzó a hablar:

—Quizá debería comenzar diciendo que ayer también mentí al decir que cuando era adolescente había tenido un hijo. Acababa de oír por la radio, en el coche, un programa sobre adopciones y me impresionó tanto que hice mío el problema de esas pobres mujeres a las que les arrebataron el bebé nada más nacer. Pero se trataba de una mentira que no era una mentira, porque mientras la contaba era verdad. ¿Puede usted entender esto, que una cosa sea al mismo tiempo mentira y verdad?

—Sí, creo que sí —pronunció, turbado, Álvaro Abril, al tiempo que desviaba la mirada del cuerpo de Luz Acaso, cuyos senos acababa de descubrir. El día anterior había descubierto sus clavículas. Parecía que se le revelaba por partes, aunque siempre se le hubiera presentado entera.

—De hecho —continuó ella—, en el mismo instante de mentir recordé perfectamente el día en el que había entrado en el sanatorio con el bebé en el vientre y una maleta pequeña, que me había preparado mi madre a toda prisa. Rompí aguas de noche, una semana antes de salir de cuentas, y mis padres se asustaron muchísimo. En tales circunstancias, se suele pedir ayuda a los vecinos, pero ningún vecino sabía que yo estaba embarazada, porque se lo habíamos ocultado a todo el mundo. Un embarazo en una cría de quince años era en mi medio una vergüenza. Hasta el último mes llevé una faja que me disimulaba el vientre y trajes ceñidos que quizá perjudicaron al bebé. Yo tenía la obsesión de no dañar al niño, y mi madre la de que no se me notara. Pedimos un taxi por teléfono y bajamos clandestinamente las escaleras. Mis padres estaban más preocupados por la posibilidad de que nos tropezáramos con un vecino que con que al bebé o a mí nos sucediera algo. Fuimos a un sanatorio de monjas que hay en Príncipe de Vergara, donde ya estaba todo pactado para que le entregaran el niño, o la niña, nada más nacer, a un matrimonio del que no sabíamos nada. Sólo nos aseguraron que eran personas acomodadas y de formación religiosa. El matrimonio receptor ignoraba también quién era la madre. Lo hacían así para que en el futuro no hubiera la mínima posibilidad de que nos encontráramos. Perdone, ¿me podría conseguir un poco de agua?

Álvaro Abril detuvo el magnetofón, se levantó y salió del despacho. Me contó que llegó a la cocina de Talleres Literarios y se sentó, trastornado, en una banqueta. El día anterior, cuando ella había dicho que él, atendiendo a su edad, podía ser su hijo, había fantaseado con esa posibilidad, a la que ahora tenía que añadir la de no serlo, o quizá la de serlo y no serlo simultáneamente, pues cómo saber cuándo aquella mujer decía la verdad y cuándo no.

Llenó, confuso, un vaso de agua y lo llevó al despacho. Luz Acaso no había cambiado de postura, aunque tenía los ojos algo enrojecidos. Tal vez, pensó Álvaro, le había hecho salir a por el agua para no llorar delante de él. Tomó dos sorbos y continuó hablando:

—Antes de entrar al paritorio, estuve en una habitación, con goteo, para que dilatara, porque no dilataba. Mi madre estaba a mi lado. Le pedí que nos quedáramos con el niño, pero ella se mostró inflexible, aunque luego se conmovió un poco y dijo que, si lo hubiéramos pensado antes, tal vez podríamos haber fingido que era de ella. Se trataba de una práctica habitual también por aquellos días. Cuando una chica joven se quedaba embarazada, la madre iba poniéndose cosas alrededor del vientre, fingiendo un embarazo. Cuando llegaba el momento, madre e hija se iban al sanatorio y regresaban como si lo hubiera tenido la madre. La verdadera madre se convertía en hermana. Hay muchos casos así, por lo visto, de gente que es hija de su abuela y hermana de su madre. Pero me dijo que ya no estábamos a tiempo. Luego a mí me dieron los dolores y no pude continuar defendiendo mi derecho a quedarme con el bebé.

Luz Acaso se llevó el vaso de agua a la boca y bebió otros dos sorbos. Me contó Álvaro Abril que, al adelantar el brazo hacia el borde de la mesa, el jersey se le había ceñido al cuerpo proporcionándole una visión de sus pechos que le había hecho daño.

—¿Qué clase de daño? —pregunté.

—Un daño remoto —dijo él—, como ese daño infantil que procede de lo más hondo del pasillo y sabes que te está destinado. Este daño procedía de lo más profundo de mi biografía y avanzaba hacia el presente desde la oscuridad aquella. Yo era como un niño detrás de las cortinas, con la mirada clavada en ese dolor del que me estaba enamorando.

Me habló también de las clavículas. Estaba obsesionado con las clavículas de Luz Acaso, porque le parecían de una fragilidad extrema. Fue descubriendo su cuerpo, en fin, como se descubre una ciudad extranjera en la que sin embargo tienes la impresión de haber estado alguna vez. Aquel día, el tercero, Luz continuó contándole el regreso a la casa, sin el niño:

—Estuve tres días en el sanatorio —dijo— recuperándome del parto. Luego hicimos la maleta y regresamos a casa. Yo me sentía hueca, no vacía, sino hueca. Durante más de un mes no salí de la habitación. Dejé de estudiar. Me asomaba a la ventana, veía pasar por debajo a las chicas de mi edad y comprendía que yo tenía un siglo más que todas ellas juntas. Pensé que mi vida, a partir de entonces, no consistiría más que en esperar a que la casualidad me devolviera a mi hijo, o a mi hija. Empecé a salir. Iba a los parques y miraba a los hijos de la otras mujeres diciéndome éste podría ser, éste no. Ésta sí, esta otra no. Perdone, pero no puedo continuar.

A estas alturas, Álvaro Abril ya no sabía si lo que le contaba Luz Acaso era verdad o no, de modo que no pudo reprimirse y preguntó:

—¿Pero la historia del embarazo es cierta o no?

—Ya le he dicho que no. No en la realidad, al menos, pero sí en una parte de mí. No hay forma de escribir una biografía de este modo, ¿verdad?

—Sí, sí la hay —dijo Álvaro aterrado por la posibilidad de que ella abandonara el proyecto.

—Pero usted necesitará datos reales.

—Las fantasías son datos reales. No se preocupe. Siga.

—Hoy no, mañana quizá.

—Qué quiere decir «quizá».

—No sé.

Álvaro le hizo jurar que volvería. Ella dijo que sí y se fue a casa, donde María José había preparado algo de comida utilizando sólo el brazo izquierdo y el ojo izquierdo.

—A ver qué te parece esta comida zurda —dijo.

Se trataba de un guiso de pescado muy oscuro que Luz observó con franqueza antes de coger la cuchara. María José le pidió que lo probara con la mano izquierda y con el lado izquierdo de la boca, a lo que Luz accedió con naturalidad.

—Está muy bueno —dijo.

Luego se sentaron las dos a la mesa de la cocina y comenzaron a comer, al principio en silencio. Luego María José preguntó qué tal le iba con Álvaro Abril.

—El pobre —dijo— está fantaseando con la posibilidad de ser mi hijo.

—¿Y podría ser?

—Por la edad, sí —respondió Luz.

Después de comer, se sentaron en el sofá del salón y Luz se interesó por el libro de María José sobre el lumbago, o quizá el l'um bago.

—Ése es el problema —dijo ella—, que ahora no sé si escribir sobre una cosa o sobre la otra. De todos modos, esta mañana he escrito unos textos zurdos, para hacer dedos.

—¿Me los quieres enseñar?

—Prefiero que no, pero me gustaría que me hicieras un favor: que le preguntes a Álvaro Abril por qué se puede empezar una novela diciendo «yo tenía una casa en África» y no «yo tenía un acuario en el salón». El acuario que tenían mis padres en el salón era para mí tan importante como la casa que tenía en África Isaac Dinesen. ¿Viste la película?

—¿*Memorias de África*?

—Sí, y empezaba así, yo tenía una casa en África.

—Yo tenía una casa en África, sí, qué bonito.

—Es lo que te decía. Estoy pensando —añadió— que si Álvaro Abril fuera hijo tuyo y yo me casara con él podría ser tu hija política.

¿**P**or qué reunía yo material sobre la adopción? Todo empezó un día que firmaba ejemplares de mi último libro de reportajes en unos grandes almacenes. Había firmado muy poco y, cuando ya estaba a punto de retirarme, se acercó un joven de veintitantos años que me pidió una dedicatoria. Mientras yo escribía, me dijo que en su casa me llamaban el hermanastro de su padre.

—¿Y eso? —pregunté.

—Porque es que eres idéntico a mi padre. Podrías ser su hermano gemelo, pero te llamamos el hermanastro.

Los dos reímos, qué íbamos a hacer, y él me apuntó en un papel una dirección y un número de teléfono, «por si algún día quieres conocer a tu doble», dijo.

Metí el papel en el bolsillo de la chaqueta y olvidé el asunto. En realidad no lo olvidé, sino que lo arrojé al sótano, de donde salió poco tiempo después, una noche que me desperté de una pesadilla y comencé a darle vueltas. Supongamos, me dije, que ese hombre y yo fuéramos realmente hermanos gemelos y que nuestros padres nos hubieran separado al entregarnos en adopción a dos familias distintas. Se trataba de una idea novelesca bastante atractiva (yo corría detrás de cualquier idea novelesca para desintoxicarme de los reportajes), aunque tenía el defecto de que su arranque era real, pues de no haber sido por el encuentro con aquel lector joven, a mí no se me habría ocurrido.

Empecé, no obstante, a sugestionarme con la posibilidad de ser el gemelo de otro, lo que en cierto modo explicaría esa sensación de estar inacabado, inconcluso, que me ha acompañado a lo largo de la vida. Entiéndase de todos modos esta sugestión como un juego retórico que daba vueltas en mi cabeza mientras yo daba vueltas en la cama. Jamás antes se me había pasado por la cabeza la posibilidad de ser adoptado y tampoco ahora albergaba ninguna duda acerca de que los padres que había conocido —ya muertos— eran mis verdaderos padres.

Al poco tiempo, un día me puse la misma chaqueta que llevaba cuando estuve firmando libros y tropecé con el papel que me había dado el muchacho. Llamé por teléfono un par de veces, pero colgué antes de que contestaran. Yo vivía en la calle Alcalá, muy cerca de Manuel Becerra, y la casa de mi presunto ge-

melo estaba en Pez Volador, bajando por Doctor Ez-
querdo. Decidí acercarme. Pese a mis deseos de escribir ficción, cuando disfruto realmente es cuando
tomo datos de la realidad, y sé que hay que actuar
por impulsos, pues nunca sabes la dirección de un reportaje. Tomé el autobús, dominado por un impulso y
al poco me encontraba frente al portal de mi «hermano». Se trataba de una casa de clase media, situada
en una urbanización de clase media como la que podía haber ocupado yo de no gustarme tanto los pisos
antiguos, con los techos altos y las cocinas grandes.
En la esquina de la calle había un quiosco de prensa
al que me acerqué y compré un periódico observando
las reacciones del vendedor. Noté que me miraba ex-
trañado, como si me conociera y no me conociera al
mismo tiempo. Habría bastado que yo le hubiera
dado alguna confianza para que me tomara por quien
no era.

Con el periódico debajo del brazo, regresé hacia el
portal de mi «hermano» y me coloqué en la acera de
enfrente, dando pequeños paseos de un lado a otro.
Fue entonces cuando empecé a pensar en la adopción
como materia para un gran reportaje. Como un gran
reportaje novelesco, quiero decir. Imaginé que el
mundo estaría lleno de historias reales muy parecidas
a la que yo estaba imaginando en aquellos instantes y
que se trataba de un material que se encontraba ahí, a
disposición del primero al que se le ocurriera tomarlo. Excitado por la necesidad de empezar cuanto
antes, hice un movimiento para volver a casa y enton-

ces me vi venir por la acera de enfrente en dirección al portal. He dicho «me vi venir» porque en efecto era yo ese sujeto que avanzaba lentamente hacia la casa de mi «hermano». Pese a que soy un cincuentón, la imagen que tengo de mí mismo es la de un chico. Sigo vistiendo de manera informal, como cuando era joven, y aunque he tenido que dejar de fumar y controlar un poco la bebida, todavía soy capaz de trasnochar y trabajar al día siguiente. Pero la versión de mí mismo que caminaba por la acera de enfrente iba vestida con corbata y una chaqueta azul y pantalones grises, de franela, supongo. Llevaba el pelo más corto que yo, pero peinado hacia atrás también. Comprendí el desconcierto del quiosquero y yo mismo permanecí perplejo unos segundos al verme fuera de mí con aquella objetividad. Comprendí que era ya un «señor mayor», o quizá que me había librado milagrosamente de ser un señor mayor como el que ahora abría el portal y se perdía, de espaldas, en la oscuridad.

Regresé a casa trastornado y me senté frente al ordenador sin saber por dónde empezar. Al rato sonó el teléfono: mi ex mujer me invitaba a cenar con nuestra hija, que había regresado de Berlín, en donde trabaja como profesora de filosofía. Pese a que su madre y yo nos separamos cuando ella era adolescente, nunca hemos podido vernos solos: no sabemos qué hacer sin la intermediación de alguien. Le dije que no, que no podía, y quedé en ir a comer a su casa al día siguiente. Cuando colgué, me pregunté qué significaría la paternidad para mi hija. Ni siquiera sabía qué significaba para mí, y sin embargo estaba obsesionado con el asunto. De hecho, esa noche estuve varias horas navegando por Internet en busca de documentación y comprobé que había varias asociaciones de personas que buscaban a sus verdaderos padres o de padres que buscaban a sus hijos. A los pocos días de este suceso fue cuando coincidí con Álvaro Abril en la fiesta de su editor. Yo aún no sabía que él era adoptado, si en realidad lo era, pero los hilos de la trama, como vemos, ya estaban uniendo sus intereses y los míos.

Entretanto, escribí y publiqué el relato *Nadie* en el periódico. Se contaba en él la historia de un individuo llamado Luis Rodó que un día, después de que se hubieran ido a casa los empleados de la pequeña editorial de la que era propietario, atendió una llamada telefónica. Detestaba atender el teléfono, pero lo descolgó porque le pareció que sonaba con apremio.

—¿Luis Rodó? —preguntó una voz al otro lado.

—Sí... —respondió él con un titubeo perceptible, como si no estuviese muy seguro de ser él, o quizá dispuesto a cambiar de identidad según quien se manifestara al otro lado.

—Soy Luisa, la hija de Antonia —añadió la voz.

Rodó permaneció en silencio unos segundos, recomponiendo el tiempo, ordenándolo, distribuyendo los materiales del pasado para digerir esta llamada que abrochaba una emoción abierta hacía veinte años.

La hija de Antonia.

Luis Rodó había sido amante de Antonia hacía veinte años, al poco de casarse, impulsado por la necesidad de correr riesgos sentimentales cuyas riendas creyó que sería capaz de manejar. Practicaba el adulterio como un deporte emocional: para poner a prueba su capacidad afectiva. Iba desde las amantes a la esposa un poco menos protegido cada vez. Quería saber cuál era el límite.

El límite fue Antonia, cuya hija estaba ahora al otro lado del teléfono. Del mismo modo que la retina del ahogado reproduce su existencia en décimas de segundo, Luis Rodó, recordó, mientras sostenía el auricular con la respiración contenida, que al poco de romper con Antonia, un día se encontraba en la habitación de un hotel con una colega a la que había seducido en una convención de editores, y se dio cuenta de que había perdido la vocación de adúltero: ya no esperaba encontrar en esa actividad clandestina ningún mensaje salvador, de modo que se retiró del adulterio por lo que le pareció una desproporción intolerable entre placer y daño. Más tarde, cuando dejó el tabaco como consecuencia de un cálculo facultativo de semejante índole, comenzó a beber de forma moderada y sólo en el alcohol acabó encontrando un equilibrio soportable entre destrucción y gozo.

—No caigo —dijo finalmente.

—Perdón, quizá me he equivocado —añadió la voz al otro lado del hilo telefónico, y se cortó la comunicación.

Luis Rodó dejó a un lado el original en el que se encontraba enfrascado (una novela mediocre, sentimental, que quizá podría producir beneficios, aunque no sin un coste de imagen para su catálogo) y se entregó al miedo. Llevaba años esperando aquella llamada, sufriendo anticipadamente por ella, y conocía el grado de desasosiego que le proporcionaría cuando se produjese. Lo había calculado todo con la precisión de los presupuestos anuales y comprobó con asombro que las cantidades de emoción y pánico cuadraban con sus estimaciones.

Aunque ya era tarde, esperó una hora más bebiendo de forma moderada y leyendo la novela mediocre de manera mecánica sin que el teléfono volviera a sonar. Después, echó las llaves y se fue a casa, donde su mujer le comentó que habían telefoneado un par de veces.

—Pero han colgado —añadió.

—No sería nadie —dijo él, y luego, mientras ayudaba a preparar la cena, pensó en aquella frase que había dicho de manera mecánica: *no sería nadie.* Lo más probable, sin embargo, es que hubiera sido nadie quien llamara. O, mejor dicho, Nadie, con mayúscula, la hija de Nada, con mayúscula también. Recordó entonces, mientras partía en rodajas un tomate, que cuando su relación con Antonia estaba a punto de terminar, él percibió algo raro en ella: una amenaza sin dirección, una advertencia. En cualquier caso, la atmósfera sentimental se llenó de presagios, y el apartamento en el que solían encontrarse después de comer, muy cercano a la editorial, empezó a parecerle una trampa, un cepo al que temía quedar atrapado para siempre de una manera misteriosa.

Empezó a obsesionarse con la idea de que Antonia intentara prolongar aquella relación agonizante en un hijo. Los últimos días de adulterio fueron para Luis Rodó un infierno de remordimientos anticipados.

—¿Tomas pastillas o algo? —había preguntado a Antonia la primera vez, antes de penetrarla.

—Sí, sí, no te preocupes, entra —había dicho ella.

Y Luis había entrado sin reservas. No calculó entonces la posibilidad de que se enamoraran ni el tamaño de su pereza para romper con todo y comenzar de nuevo.

Antonia estaba casada a su vez. Podía tener hijos de su marido, se decía Luis Rodó para tranquilizarse, calificando de aprensiones neuróticas aquellas fantasías de embarazo que le quitaban el sueño. Cuando ella permanecía más de dos minutos en silencio, él preguntaba si le sucedía algo temiendo oír que se había quedado embarazada de él.

—¿Qué te pasa?

—Nada.

Nada, con mayúscula. Aquella Nada había sido el embrión de Nadie. Nadie, de existir, tendría ahora veinte años. Luis Rodó había seguido su crecimiento desde que rompiera con Antonia paso a paso. No había habido un solo día de su vida en el que no pensara en él (o ella). Le (o la) había acompañado al colegio y al médico más de mil veces. Y algunas tardes de domingo en que se quedaba con la mirada perdida, fingiendo que leía el periódico, estaba fantaseando en realidad con que llevaba a Nadie al cine, al circo, al zoológico. Conocía perfectamente el tacto de aquella mano imaginaria, el tamaño de sus dedos, la calidad de su sudor. Cuando llegaba el verano y se iba a la playa con su mujer, no era raro que se quedara absorto, mirando el horizonte, y se dijera: Nadie tendrá ahora cuatro años, o siete o dieciséis. En su día, se había hecho incluso con un calendario de vacunas infantiles para llevar rigurosamente el control de las que le tocaban a cada edad. Siendo incapaz de decidir si Nadie era un chico o una chica, le había ido confeccionando con el tiempo un rostro ambivalente, fronterizo, que ahora se decantó hacia el lado femenino sin necesidad de hacerle más que un par de ajustes.

A veces, cuando este delirio alcanzaba un grado de realidad insoportable, Luis Rodó daba marcha atrás repitiéndose que aquella criatura, Nadie, no existía fuera de su cabeza, lo que le proporcionaba una mezcla de alivio y desengaño, a partes iguales: siempre la proporción obsesiva entre felicidad y desdicha. En su matrimonio no había tenido hijos, de manera que Nadie, a la vez de sustituir sin riesgos aparentes esa ausencia, le proporcionaba un grado de culpa razonable frente a su esposa. Todo ello, desde luego, mientras Nadie continuara siendo un producto imaginario. Pero es que ahora amenazaba con hacerse real. De momento, ya hablaba y era capaz de llamarle por teléfono.

En este punto, Luis Rodó fue atacado por una caída del ánimo que se anunció con un sudor disolutivo, que empapó su frente, y una sensación de vacío en el estómago. Abandonó el cuchillo con el tomate a medio partir y fue a sentarse a la mesa de la cocina.

—¿Qué te pasa? —preguntó su mujer.

—Nada —dijo él, y sintió que había mencionado sin darse cuenta la soga en casa del ahorcado, ya que Nada era el padre, o quizá la madre de Nadie—, estas caídas de tensión.

Su mujer le miró compasivamente y continuó preparando la cena mientras preguntaba por la marcha de la editorial, que atravesaba a veces por dificultades financieras. Atribuía el malestar de su marido a problemas empresariales, aunque las cosas habían mejorado últimamente y los bancos volvían a abrirle líneas de crédito. Hasta había aparecido una gran editorial dispuesta a adquirir el sello dejando a Luis Rodó al frente de la gestión. No se trataba de problemas económicos, aunque él no dijo que no, pues prefería que su mujer pensara eso a que llegara a sospechar siquiera la índole de los temores que aceleraban su pulso.

Cenó sin ganas y se retiró pronto a la cama. Ella se quedó a ver una película de miedo que pasaban por la televisión. Al rato, la oyó llegar y se hizo el dormido. Su mujer se movía a oscuras por el dormitorio, procurando no despertarle, aunque tropezó un par de veces con los bultos que le salieron al paso en la oscuridad.

—¿Estás dormido? —preguntó cuando al cabo de una eternidad se deslizó al fin entre las sábanas.

—Sí —dijo él, y eso fue todo.

O casi todo, porque esa noche sonó el teléfono dos veces. Luis Rodó, que estaba en tensión, esperando que se produjera esa llamada, descolgó el de la mesilla sin que su mujer llegara a despertarse. Quizá, pensó él, fingió que dormía: a partir de cierta edad el sueño y la vigilia, como el pasado y el presente o lo verdadero y lo falso, tendían a apelotonarse, a confundirse. En las dos ocasiones oyó una respiración al otro lado del hilo y luego el ruido del auricular al ser abandonado sobre la horquilla. Sólo podía ser Nadie, que no parecía dispuesta a soltar la presa una vez que la había cogido por el cuello. Rodó se preguntó desde dónde llamaría. Desde Madrid probablemente, aunque Antonia siempre le había hablado con pasión de Barcelona.

—Si me separo de mi marido y tú me abandonas —decía a veces—, me iré a vivir a Barcelona.

Cuando empezó a amanecer, llegó a la conclusión de que no llamaba desde Madrid ni desde Barcelona, sino desde el pasado. El pasado se configuraba de súbito como una región de la conciencia desde la que los fantasmas lanzaban mensajes al presente.

Al día siguiente llegó a la editorial agotado, como un criminal sin coartada, y movió de un lado a otro los papeles que tenía encima de la mesa hasta que a media mañana le pasaron una llamada de alguien que había preferido no identificarse.

—Soy Luisa, la hija de Antonia —repitió de nuevo la voz, como si telefoneara por primera vez.

—¿Cómo está tu madre? —preguntó Luis Rodó.

—Muerta —respondió la voz sin emoción alguna. Parecía llevar a cabo un trabajo rutinario. El modo más cruel de ajustar cuentas, se dijo Luis Rodó.

—¿Quieres que nos veamos? —preguntó al fin.

—¿Quieres tú? —preguntó la mujer.

Él dijo que sí para no perderse en trámites inútiles, de modo que quedaron citados a la hora de la comida en un restaurante cercano a la editorial en el que Rodó organizaba comidas de negocios. Quizá esto no fuera otra cosa que un negocio que convenía liquidar cuanto antes.

A veces, Luis Rodó era asaltado por la fantasía de que los personajes de los libros que publicaba salían del fondo de las páginas y pedían también su porcentaje de royalties, o los mismos cuidados de que eran objeto los autores, casi siempre dispuestos a cambiar dinero por halagos. Quizá Luisa, ese personaje que ahora se precipitaba desde la fantasía a la existencia, no quisiera más que un porcentaje de la vida de Luis. Tal vez, se dijo, regresará a las regiones quiméricas de las que procede si logro alcanzar con ella un acuerdo razonable. Rodó no ignoraba que parte del pago le sería exigido en emociones, probablemente en emociones baratas, de telenovela, como las que le pedían en la intimidad del despacho la mayoría de los escritores. Ojalá se conformara con emociones nada más, pero toda negociación emocional incluye una cláusula económica. Ésta, pensó, también.

Mientras hacía cálculos económicos, advirtió que no se había conmovido aún por la muerte de Antonia.

Estaba más endurecido de lo que creía. O había alcanzado esa edad mezquina en la que la muerte de los otros servía, sobre todo, para confirmar que uno continuaba vivo y con la estadística soplando a su favor. Así pues, mientras llegaba la hora de comer, en lugar de aplicarse a la pena, se aplicó a realizar estimaciones económicas. Imaginó cifras que disminuían o aumentaban dependiendo del tamaño de la ternura, y a las dos abandonó el despacho y se dirigió caminando a su pasado, donde llegó más viejo de lo que era.

No habían dicho cómo se identificarían, pero Luis Rodó reconoció en seguida a aquella fotocopia de Antonia sentada a la mesa del fondo, la de los adúlteros, se dijo conteniendo la respiración, mientras iba al encuentro de la muchacha, al encuentro de Nadie, a quien tantas veces, en su imaginación, había llevado al cine, al zoo, al médico, al colegio. Si supiera, se dijo, todo lo que he hecho por ella durante estos veinte años en los que no existió... Ahora que es real, curiosamente, es cuando me preparo para negarle cosas, para negociar. Quizá para educarla.

Se besaron guardando una distancia excesiva y luego él empezó a hablar de forma atropellada mientras la estudiaba con más detenimiento del que ella habría podido imaginar. Se parecía mucho a Antonia, desde luego, pero era una Antonia algo diabólica, pues al sonreír se le achicaba anormalmente el ojo izquierdo y mostraba un colmillo fuera de sitio transformándose súbitamente en otra: era un doble imperfecto y, en ese sentido, había en él algo amenazador, aciago. Por lo demás, vestía como lo habría hecho la propia Antonia veinte años más tarde, con una blusa blanca, muy elegante, cuyo escote dejaba ver los bordes de su ropa interior.

Luis Rodó se buscó a sí mismo en aquel rostro, en aquellas encías, también en el esquema corporal de la muchacha, pero no halló nada de sí. Los parecidos físicos, se dijo, los crea en gran medida la convivencia, la imitación, el reflejo. Cuando logró dejar de hablar del tiempo, del tráfico, de las horas que dedicaba uno en Madrid en llegar de un sitio a otro (del presente al pasado, le habían dado ganas de añadir), todo ello en confuso desorden, se sobrepuso a la expresión interrogativa de la chica y le preguntó por fin de qué había fallecido su madre.

—De una larga y penosa enfermedad —respondió ella con una seriedad inexplicable, pese a lo ridículo de la fórmula.

Luis Rodó temió que la chica fuese completamente idiota, situación para la que no se había preparado, pero que le produjo en seguida una mezcla de alivio y desengaño, a partes iguales (la pasión por los cócteles emocionales bien equilibrados). Si era idiota, no podía ser hija suya, lo que en cierto modo era una lástima también. Y es que a pesar de los peligros que conllevaba su aparición, había algo excitante en aquel encuentro que anudaba dos segmentos de la existencia entre los que quizá sólo había habido un paréntesis de tiempo.

La idea de que toda su vida, desde que rompiera con Antonia, hubiera sido un paréntesis, una interrupción, una pausa, le provocó un vértigo excesivo, de manera que, disculpándose, se levantó, fue al servicio, y allí, a solas, volvió a considerar la posibilidad de haber tomado en su día la dirección emocional equivocada: quizá debería haber abandonado a su mujer y huir con Antonia. Cuántas vidas se estropearían por pereza. Quizá la suya era una de ellas. Pero si Luisa fuese realmente hija suya, el paréntesis se cerraría en ese instante y le sería dada la oportunidad de retomar su verdadera vida aun a costa de una desproporción excesiva entre placer y daño. Pero no, esa chica parecía idiota. Era mucho mejor que fuese completamente idiota o, en su defecto, completamente irreal.

—De modo que fue víctima de una larga y penosa enfermedad —dijo al sentarse retomando la conversación en el mismo punto en el que la había dejado.

—Ya te lo he dicho —respondió ella—. Y me habló de ti, al final casi no hablaba de otra cosa, por eso te he llamado.

Luis Rodó permaneció en silencio observando ya con impertinencia de macho a la joven, aunque no hubiera decidido todavía si su expresión interrogativa era consecuencia de la ingenuidad o del cálculo.

—¿Por quién te llamas Luisa? —preguntó.

—¿Por quién crees? —dijo ella.

Luis no respondió. Fue de un asunto a otro esperando que la chica tomara la iniciativa, que estableciera los términos de la negociación económica o emocional, lo mismo daba. Lo importante era que quedaran establecidas en seguida las reglas del juego. Pero Luisa jugaba a la indolencia, quizá fuera indolente. Respondía con monosílabos a las cuestiones neutrales y, a las no neutrales, con preguntas que parecían el eco de las de Luis. Explicó de mala gana que estudiaba Historia, que vivía sola en un apartamento, y se quedó mirándole más de una vez con el tenedor a medio camino entre el plato y la boca, como si buscara en el rostro de Luis unas excelencias de las que su madre le hubiera hablado y con las que quizá ella no lograba dar.

—¿Necesitas algo? —preguntó al fin un Luis Rodó desesperado.

—¿Tú crees que necesito algo? —preguntó ella a su vez, como en un eco.

De mala manera llegaron al postre y del postre al café. Luis Rodó pidió una copa de coñac que le proporcionó el arrojo preciso para hacer la pregunta que hasta ese instante se había censurado:

—¿Y tu padre?

—Mi madre me dijo que murió antes de que yo naciera —respondió la chica observándole de un modo significativo. Parecía imposible alcanzar una conclusión, un término para aquel juego en el que sintió que estaba perdiendo incluso lo que no había apostado. Y entonces, de súbito, quizá durante un segundo nada más, se vio reflejado en la chica como en uno de esos espejos colgados de las paredes de los restaurantes en los que al mirarte ves, al mismo tiempo que tu rostro, el de tu enemigo. Recordó esa técnica negociadora que tanto y con tan buenos resultados había empleado él, esa técnica consistente en no ir al grano hasta que el interlocutor, desesperado por la falta de progreso, se acerca a tu territorio, donde lo haces pedazos. ¿Dónde habría aprendido Luisa aquellos procedimientos?

Pero no, se dijo, atribuyo al cálculo lo que no es sino pura ingenuidad. No hay nada aquí, ni siquiera un folletín, un argumento de novela barata. Ahora me despediré de ella y durante los próximos años Nadie, con mayúscula, continuará creciendo en mi conciencia, haciéndose mayor dentro de mí. Quizá se case y me dé nietos. Los nietos imaginarios son más fáciles de educar que los hijos reales. Dios mío...

—¿Decías algo? —preguntó ella detrás de la sonrisa que la convertía en otra.

—... Dios mío, qué malo es este café —añadió apurando los restos que habían quedado en la taza.

—Si quieres, te invito a uno en mi apartamento —dijo ella—. Está aquí cerca y el café es una de las pocas cosas que hago bien. Eso decía mi madre al menos.

—El caso es que tenía que estar en la editorial a primera hora de la tarde —se defendió él.

—Entonces nunca sabrás lo bien que hago el café —respondió ella con el tono de una provocación insoportable.

—Al diablo —dijo Luis jugándoselo todo a cara o cruz—. Probemos ese café.

Nada más salir a la calle y girar a la derecha Luis Rodó tuvo la certidumbre de que el apartamento al que le llevaba Luisa era el mismo en el que veinte años antes él se encontraba con su madre. Caminaron unos cien metros, en efecto, y volvieron a girar a la derecha, entrando en una calle estrecha y oscura, con árboles cuyas ramas rozaban las ventanas de las viviendas, una calle de adúlteros, una emboscada. Entraron, como era de esperar, en el segundo portal y desde él se dirigieron al segundo piso. A medida que progresaban por aquellos espacios, Luis Rodó tenía la impresión de penetrar en el interior de un cuadro en relieve, en una pintura por la que recorría un tramo de su vida pasada. Todo era idéntico a como lo recordaba, a como lo había visto en su cabeza cada vez que había visitado aquella casa con los recursos de la memoria. Todo estaba también más desgastado, desde luego, lo que producía un efecto siniestro, como la sonrisa de la chica que se convertía, de Antonia, en una amenaza.

El apartamento de adúltero resultaba, en efecto, más conminatorio que entonces, pese a que los muebles y su disposición eran los de hacía veinte años. Luis Rodó se asomó a la cocina americana situada en uno de los extremos del pequeño salón y vio el acero inoxidable de la pila con la misma extrañeza con que lo contemplara entonces al enjuagar un vaso o al vaciar en su interior una cubitera de hielo. El acero había perdido brillo, pero qué no. Él tampoco tenía la mirada febril de entonces, ni ese grado de excitación que le proporcionaban siempre los espacios clandestinos, las habitaciones ocultas. Y había ido cogiendo cada año unos gramos, de manera que era también varios kilos más gordo.

Le pareció que el apartamento estaba amueblado con bultos, no con mesas ni sillas, sino con bultos como los que le salían al paso en el interior de la conciencia cuando se internaba en ella. Él mismo tenía algo de bulto perplejo entre aquellos volúmenes oscuros. Se acercó a la ventana y vio la calle estrecha, secreta, y el árbol cuyas ramas rozaban el cristal. Recordó un día, hacía veinte años, en el que al asomarse con semejante expresión a la de ahora había visto un nido de gorriones situado en el cruce entre dos ramas. Había gritado a Antonia para que se levantara de la cama y se acercara a ver el espectáculo. Y los dos observaron el comportamiento de cuatro pájaros pequeños dentro de aquel artefacto natural llamado nido y se quedaron asombrados de que cosas así pudieran suceder todavía en Madrid.

Entonces, siendo consciente de la ausencia del nido y de la calidad de bulto que había adquirido todo desde entonces, incluida Antonia, que se había transformado en una Luisa que preparaba torpemente el café a sus espaldas, se puso a llorar de cara a la ventana. No era un llanto espectacular. La chica ni siquiera lo advirtió. Lloraba, pues, como un condenado a muerte después de haber agotado todos los recursos administrativos y todas las reservas de fortaleza emocional, lloraba con idéntica resignación con

95

la que se producen algunos acontecimientos atmosféricos. Su llanto era exactamente eso: un acontecimiento atmosférico más que un recurso orgánico para defenderse de la lástima que sentía por sí. Por un instante, pensó en su mujer y la imaginó en otra galaxia. Quizá ella también tenía una ventana secreta en la que lloraba al asomarse porque no había nido o porque volvía a haberlo, qué más daba. Se lloraba por una cosa y por su contraria, por el frío o por el calor, por la escasez o la abundancia, pero sobre todo se lloraba por el tiempo, por el paso del tiempo que reducía todo no a su ceniza, lo que habría implicado alguna clase de grandeza, sino a una forma de existencia miserable, ruin, menesterosa.

Aquella Antonia, llamada Luisa, que ahora se acercaba a él y miraba al exterior intentando ver lo que tanto le conmovía, era en efecto una versión devaluada de la Antonia de entonces, del mismo modo que él se había transformado en un Luis menor, en una sombra de sí mismo, como decía el tópico con tanto acierto, pues al deslizar el brazo por la cintura de la chica y atraerla hacia sí, no percibió la sensación que cabía esperar. Y es que no tocaba aquella cintura con sus dedos, sino con una sombra de sus dedos, del mismo modo que con una sombra de sus labios se acercó a besarla y notó en ellos la calidad del corcho, como si alguien hubiera colocado una gasa de indiferencia entre sus órganos y la realidad.

La chica se dejó hacer con la misma pasividad con la que se había dejado hablar durante la comida. Con movimientos expertos, Luis fue arrastrándola a la pequeña habitación, donde le esperaba la cama de entonces, las sábanas de entonces, que eran la mortaja de ahora, y la desnudó sin resistencia alguna.

—¿De dónde has sacado este apartamento? —preguntó

—Me lo dejó mi madre. Era su espacio secreto, su habitación con vistas, ¿no te gusta?

—Me gusta —dijo Luis, y continuó recorriendo el cuerpo de la joven con la avaricia ahora de quien entra en las habitaciones de una casa antigua, buscando restos de Antonia desde luego (aquella particularidad de la vulva, ese pezón retráctil, el lunar del codo), pero, sobre todo, detritos de sí mismo. Y no halló ninguno. Aquella idiota no era hija suya, no había nada de él en aquel cuerpo, de modo que podía entregarse sin culpa, con inocencia incluso.

—¿Tomas pastillas o algo? —preguntó antes de penetrarla.

—Sí, sí, no te preocupes, entra.

El tiempo era un espejo: reflejaba las cosas más que prolongarlas, pues le sonó aquella pregunta y su respuesta. Sólo después de que acabara la sesión amatoria, llevada a cabo con más oficio que pasión, recordó el instante en el que le había hecho una pregunta idéntica a Antonia. Y su respuesta. La única diferencia, lo advirtió en la mirada de la chica, mientras se vestía para regresar a la editorial, es que Antonia le había dicho la verdad y Luisa le había mentido. Quizá la amenaza se cumpliera de todos modos, aunque con veinte años de retraso. Qué desproporción, pensó, qué anomalía.

—Mañana te llamo —dijo él cuando Luisa fue a despedirle a la puerta del apartamento, cubriéndose con la sábana a modo de sudario.

Esa noche, cuando llegó a casa, su mujer le preguntó con quién había comido.

—Con Nadie —respondió, y aunque dijo Nadie con mayúscula, ella no lo notó.

Luego, en la cama, hizo cálculos y pensó con desasosiego que cuando la nueva Nadie tuviera veinte años, él tendría sesenta y cinco.

Seré un padre mayor, se dijo, quizá un padre muerto, y tomó a su mujer de la cintura colocándose en la posición de dormir, en la posición de morir, tal vez soñar.

El cuento terminaba exactamente en este punto. Por un lado, me parecía bien que terminara en el instante en el que en cierto modo empieza, aunque, por otro, tenía la impresión de haber precipitado el final. De hecho, aun después de haberlo publicado continuó creciendo dentro mi cabeza. Pensé que si hubiera dejado reposar la idea, quizá me habría salido una novela corta. La práctica del reportaje me ha inutilizado para la ficción: tiendo a cerrar las cosas con demasiada rapidez. Me gusta la morosidad en la escritura de los otros, pero soy incapaz de aplicarla a la mía.

Y bien, no negaré que en la historia de Nadie había algún dato autobiográfico. De joven, mantuve una relación adúltera con una mujer de la que supongo que estaba enamorado. Digo supongo porque mi capacidad para el amor es limitada. De aquella relación me interesaba, creo, la clandestinidad. Quizá pensaba que en lo oculto se abren grietas a otras dimensiones. Lo cierto es que no se abrió ninguna, aunque mi matrimonio se comenzó a resquebrajar. Jamás volví a saber nada de aquella mujer que no estaba dispuesta a prolongar una relación sin horizonte. Desapareció de mi vida, sin más. Tardé tiempo en olvidarla y cuando llamaba a la puerta de mi memoria y yo le abría, ella aparecía embarazada. Durante una época imaginé que se había quedado embarazada antes de desaparecer. Era un juego retórico también, pero algún significado oculto deben de tener estos juegos.

Cuando mi amigo dijo aquella frase *(si yo hubiera tenido hijos, el mayor tendría ahora veinticinco años)*, creo que algo explotó dentro de mí que me hizo escribir esa misma noche *Nadie*. Si aquella mujer hubiera tenido un hijo mío, ese hijo tendría hoy veinticinco años, la edad de mi hija real. He dicho mi hija real y ya es hora de que diga la verdad: no estoy seguro de que sea mi hija. Al poco de que naciera, un día estaba yo discutiendo con mi ex mujer algo relativo a su educación y en un momento determinado, a una pregunta de ella, dije gritando:

—Sé perfectamente lo que hago porque es mi hija.

—¿Estás seguro? —respondió ella.

Inmediatamente, al ver mi expresión, se echó a reír intentando hacer pasar su interrogación como una broma. Pero desde ese día se abrió en mí una duda que aún permanece sin cerrar. Siempre sospeché que mi ex mujer había tenido por aquellos años, quizá como venganza a mis infidelidades, alguna aventura. Tal vez mi hija era fruto de una de esas aventuras y no de nuestras relaciones conyugales.

De este modo perdí a mi hija real, si es mi hija real. Desde entonces, ya sólo pude verla como a una hija adoptada. Y tampoco exactamente como a una hija adoptada, pues todos, en cierto modo, lo somos, sino como a un sucedáneo de hija. Me porté bien con ella, pero fui un padre distante y esa distancia marcó para siempre nuestra relación. Nos vemos cuando viene de Berlín (siempre con su madre delante), pero estamos cada uno en una orilla. No me conmueve, ni yo a ella. Me emociona más la idea de un hijo irreal que todos estos años hubiera estado creciendo en el lado oculto de mi vida. Daría todo por ese hijo (es un decir); es más, me atrevo a suponer que no debo de haber sido un mal padre imaginario para ese hijo. Creo también que habría sido un buen hijo para los padres irreales que nos dieron en adopción a mi hermano gemelo y a mí. Cómo me gustaría ahora que todo fuera cierto: que yo fuera adoptado y que hubiera tenido un hijo con aquella mujer de la que no he vuelto a tener noticias en todos estos años.

Lo cierto es que un par de frases cercanas en el tiempo («en mi casa te llamamos el hermanastro» y «si yo hubiera tenido hijos, el mayor tendría ahora veinticinco años») desencadenaron la recogida de documentación sobre la adopción y la publicación de mi primer relato de ficción. La red invisible sobre la que se asienta la realidad estaba dejando demasiados hilos al descubierto y en todos ellos me enredaba yo.

A los dos días de haber publicado este cuento, *Nadie* (¿era un buen título?), al abrir el correo electrónico, encontré el siguiente mensaje de Álvaro Abril: «Un amigo común me ha proporcionado tu dirección electrónica. Me gustó *Nadie*, me gustó mucho *Nadie*. Todo ese juego entre la realidad y la ficción, la ambigüedad sobre si ella es hija o no de él... El otro día me llamó mi editor para hacerme un encargo: quiere publicar un volumen de cartas de escritores a la madre, pues el año pasado sacó uno de cartas de escritoras al padre que funcionó muy bien. Me ha pedido que escriba una de esas cartas: un cuento, en definitiva, pero no estoy seguro de saber escribir un cuento, por eso me ha dado tanta envidia el tuyo. Me interesa mucho el asunto de la autoría en la obra de arte, que quizá no sea muy distinto del de la paternidad. ¿Somos hijos de nuestros padres? ¿Somos los autores de nuestras obras? Estas preguntas tienen para mí un interés especial porque, además de escritor, soy adoptado. Tengo una madre falsa, que falleció hace cinco años, y otra verdadera que no he llegado a conocer. ¿A cuál de ellas debería dirigirme? El hecho de que mi editor me haya pedido esa *carta a la madre* casi el mismo día que leí tu cuento en el periódico es una coincidencia curiosa, por calificarla de algún modo. Bueno, no te entretengo más. Enhorabuena por *Nadie* y un abrazo, Álvaro Abril. (P. D. Sigo trabajando en Talleres Literarios con la mujer aquella de la biografía. No te puedes imaginar el material que produce)».

Así que Álvaro Abril era adoptado (¿cómo no iba a tener dificultades para escribir una *carta a la madre?*). Casi se me corta la respiración. La red estaba dejando al descubierto una buena parte de su trama. Por lo demás, me halagó su comentario sobre mi cuento. Nadie más me había felicitado por él y creo que hasta en el periódico lo publicaron por no desairarme. Le contesté con las siguientes líneas: «Gracias por tus comentarios. Quizá sepas que llevo tiempo recogiendo documentación sobre la adopción para escribir un reportaje. Me vendría muy bien conocer tu caso. ¿Podríamos comer juntos algún día? Yo invito».

Durante los siguientes días me asomé varias veces al correo electrónico sin encontrar respuesta. Más tarde, al reconstruir el caso, comprendí que Álvaro Abril estaba ocupado en asuntos más apremiantes.

El escenario, al otro lado, era el siguiente: María José, la tuerta, se había instalado con toda naturalidad en la casa de Luz Acaso, que aceptó su presencia con una confianza algo insensata, si pensamos que no sabía nada de ella. Al principio, la falsa tuerta dormía en el sofá del salón, pero una noche se coló en el dormitorio de Luz y dijo que tenía miedo. Luz le hizo un hueco entre las sábanas y desde ese día durmieron juntas.

—Somos dos mujeres en Praga —decía María José encogiéndose de felicidad—. Fíjate qué titulo para una novela. Dos mujeres en Praga.

—No digas cosas —respondía Luz con sonrisa indulgente.

La habitación de la izquierda permanecía cerrada con llave, guardando un secreto sobre el que Luz nunca habló. En cierto modo, esa estancia cerrada era la metáfora del lado izquierdo que María José pretendía colonizar en el interior de sí misma. Podía ser una casualidad o podía ser que Luz Acaso, viendo la pasión de María José por el lado izquierdo, la hubiera cerrado para hacer su casa más interesante de lo que era, como cuando fingió tener lumbago o ser zurda. En uno de sus encuentros con Álvaro Abril en Talleres Literarios, por otra parte, situó esa habitación como el escenario de una historia sentimental importante. ¿Cómo saber la verdad?

María José no había comenzado a escribir sobre el lumbago, o el l'um bago, porque necesitaba, o eso dijo, conquistar antes su lado izquierdo.

—No te puedes imaginar —le decía a Luz— lo misterioso que es ese lado. Al principio temí que estuviera hueco, y que al atravesar la frontera entre el hemisferio derecho y el izquierdo cayera en una especie de vacío, como cuando la tierra era plana y los barcos que llegaban a sus bordes se precipitaban en la nada. Pero por lo poco que he podido ver, ese lado está lleno de construcciones misteriosas y de una vegetación desconocida.

Fueran o no ciertas, las descripciones que María José hacía de ese lado parecían sacadas de un relato fronterizo. Luz la escuchaba encandilada, aunque a veces también con expresión condescendiente, y a cambio de aquellas historias le hacía confidencias sobre sus encuentros con Álvaro Abril, que era el tema de conversación preferido de las dos.

—¿Se muerde las uñas?

—Las uñas no. Te dije que se mordía el labio inferior, de este modo.

Más tarde, cuando conocí personalmente a María José, obtuve mucho material de ella, pero no me fue fácil distinguir lo verdadero de lo falso. Tampoco supe si en su cabeza estas categorías permanecían separadas. Procuré, a la hora de seleccionar unos hechos y desestimar otros, aplicar el sentido común —mi sentido común—, lo que quizá significa que este relato es la suma de dos invenciones (de tres, si contamos el material aportado por Álvaro). Lo interesante es que todos los materiales, pese a su procedencia, siempre fueron compatibles.

En la vida cotidiana, María José adoptó un poco el papel de hija: hacía con gusto los recados que le pedía Luz y ordenaba la casa con ella. Nunca le preguntó por la habitación cerrada, y en la práctica actuaban como si no existiera. La adecuación entre ambas era tal que cualquiera habría dicho que llevaban toda la vida juntas.

Una tarde que Luz fue al ambulatorio a por una baja, o eso dijo, María José salió a la calle, telefoneó desde una cabina a Talleres Literarios y preguntó por Álvaro Abril.

—Escúcheme con atención —le dijo— porque no se lo repetiré más de una vez: Yo era monja. Trabajé varios años como ayudante de quirófano en el hospital de Príncipe de Vergara donde usted vino al mundo. Nada más nacer, usted fue entregado en adopción a otra mujer distinta de la que le alumbró. Aunque esto se hacía sin dejar rastros ni por el lado de la donante ni de los receptores, yo fui haciendo unas fichas que he conservado todos estos años en una caja de zapatos. Ya no soy monja. Me salí y llevo algún tiempo tratando de ponerme en contacto con las personas que fueron adoptadas mientras estuve allí. Escuche: usted fue entregado a un matrimonio llamado Abril, pero la persona que le alumbró era una chica que entonces no tendría más de quince o dieciséis años, una chica llamada María de la Luz Acaso. No puedo decirle más, corro un gran riesgo con lo que ya le he dicho. El apellido Acaso, por otra parte, tampoco es muy común. Ahora actúe usted según su conciencia, que yo ya he actuado de acuerdo con la mía.

Álvaro Abril estaba en su despacho, solo, preparando una clase. Dice que se le cayó el auricular del teléfono sobre la mesa y que lo primero que pensó fue que él jamás se habría atrevido a poner en un cuento o en una novela que a un personaje se le cayera el auricular del teléfono al recibir una noticia sorprendente. No le parecía creíble en la ficción, y sin embargo le acababa de suceder en la realidad. Y no tuvo fuerzas durante un buen rato para acercar la mano y colocarlo en su sitio. La descripción de su estado de ánimo, o de su estado físico, pues en ese momento eran indistinguibles el uno del otro, se acercaba mucho a la de un pequeño episodio catatónico semejante a los que se dan en el sueño, cuando uno quiere gritar, pero la lengua no obedece. Su cabeza, sin embargo, permanecía activa. Tenía, de súbito, ocho o diez años. En su casa había un pasillo que comunicaba, como un tubo, la entrada del domicilio con el salón. En la pared de ese pasillo, muy cerca de la puerta del salón, estaba colgado el teléfono. Su madre tenía la costumbre de hablar con un pie en el salón y otro en el pasillo, observando las imágenes de la televisión, siempre encendida, mientras sostenía el auricular aplicado a la oreja izquierda, de la que se había quitado un pendiente con el que jugaba en el hueco de su mano libre.

Un día Álvaro Abril la oyó decir algo que le llamó la atención y se volvió hacia ella para continuar escuchando. Su madre, como si hubiera sido sorprendida en algo indecente, se dio la vuelta internándose en el fondo del pasillo todo lo que el cable telefónico daba de sí para continuar hablando. Entonces, el pequeño Álvaro Abril se dijo: soy adoptado.

Cuando le pregunté qué le había oído decir a su madre, aseguró que no lo recordaba, pero que era algo que una madre jamás habría dicho delante de un hijo de verdad.

—Pero qué era —insistí.

—Dijo: «Estoy arrepentida; ahora no volvería a hacerlo».

Esa noche, dice, se metió en la cama pensando en sus padres reales, en su madre real especialmente, y se juró que dedicaría su vida a encontrarla. Primero, no obstante, necesitaba la confesión de la madre falsa, de manera que un día, al volver del colegio, mientras merendaba, dijo que tenía un compañero adoptado.

—Pero se ha enterado de casualidad —añadió—, porque sus padres querían ocultárselo.

—Esas cosas no se deben ocultar —dice que respondió la madre falsa.

Álvaro Abril supuso que mentía y aunque durante algunos años se olvidó del asunto y la vida regresó al cauce anterior, en la adolescencia volvió a atacarle un sentimiento de orfandad insoportable. Entonces empezó a escribir. Cuando se quedaba solo en casa, registraba los armarios y los cajones en busca de alguna prueba que certificara su sospecha. Encontró partidas de nacimiento, fotos en cajas de zapatos, cartas manuscritas dentro de sobres abiertos con cuidado o con desesperación, pero ni una sola prueba de su bastardía. Había, sin embargo, un dato real: sus padres eran personas mayores en relación al menos a los padres de sus compañeros. Quizá habían intentado tener un hijo propio y sólo cuando perdieron la esperanza decidieron adoptar. Álvaro, por otra parte, jamás se reconoció en los gestos de los tíos, ni en los de los parientes lejanos de las fotografías. Se encontraba en aquella familia como un extranjero y durante una época tuvo fantasías sexuales con su madre, lo que en un hijo biológico, aseguraba, habría sido inconcebible.

Cuando me lo contó, le expliqué que no era raro que los hijos se sintieran sexualmente atraídos por su madre, que eso, en fin, no constituía una prueba, pero él insistió en considerarlo patológico.

Y bien, pasó el resto del día presa de una excitación insoportable. La llamada de la falsa monja, de la falsa tuerta, se había producido a media tarde y no tenía programado ningún encuentro con Luz Acaso hasta el día siguiente, a las doce. Dio una clase de escritura delirante y al acabar fue a casa de sus padres, de su padre en realidad, pues su madre había muerto el mismo año en el que él publicó su novela.

El padre, muy mayor, vivía con una señora que había empezado haciéndole la comida y que había acabado instalándose en la vivienda, no se sabía muy bien en calidad de qué. La mujer era árabe y ninguno de los dos hablaba el idioma del otro, pero se entendían con una precisión misteriosa en una lengua intermedia que iban creando día a día. El entendimiento quedaba reducido al ámbito de lo esencial, pero eso —pensaba Álvaro— es lo que posibilitaba la convivencia. De hecho, temía que si aquel idioma inventado se perfeccionara o se hiciera más complejo, podrían empezar a intercambiarse a través de él productos existenciales que separaran lo que la simpleza había unido.

—Quizá el problema de la torre de Babel —llegaría a decirme— no fue que aparecieran diferentes lenguas, sino que la que tenían se hizo más complicada ofreciendo a sus usuarios la posibilidad de dudar, de contradecirse, de atribuir al otro el miedo propio.

Desde que falleciera la madre, por otra parte, padre e hijo se habían ido distanciando y apenas intercambiaban monosílabos cuando estaban juntos. De manera que vieron la televisión los tres juntos, en el sofá, mientras comían ensalada y pan duro. Álvaro no había ido a confirmar que era adoptado, ya no tenía ninguna duda, sólo quería saber cuánto habían pagado por él, pues suponía que las monjas, al tiempo de solucionar el problema a las jóvenes embarazadas, cobraban gastos de internamiento, de quirófano, y sin duda también alguna plusvalía cuya cantidad le obsesionaba. Carecía de referencias, pero cuando intentaba imaginarse una cantidad, pensaba absurdamente en lo que había cobrado por su novela y se preguntaba si él habría costado más o menos. La ex monja había colgado el teléfono tan pronto que no había tenido tiempo de reaccionar. De otro modo, le habría preguntado si hacían recibos, si se dejaba algún rastro escrito de la transacción.

Cuando llevaban media hora viendo la televisión, su padre y la mujer árabe se durmieron en el sofá y Álvaro Abril comprendió que era absurdo plantear la cuestión, de modo que se levantó, entró con sigilo en el dormitorio del padre y abrió el cajón de un mueble en el que convivían, en confuso desorden, los recibos de la luz y los del agua con los recordatorios de su primera comunión o la escritura de la casa. Revisó cuantas carpetas le salieron al paso sin dar con ningún rastro documental.

Salió de allí dejándolos dormidos y entonces se acordó de mí, recordó que en mi correo electrónico de respuesta al suyo le había dicho que trabajaba en un reportaje sobre la adopción. Corrió a casa, abrió el ordenador y me puso el siguiente mensaje: «Me gustaría que conocieras mi caso. ¿Cuándo podemos hablar?».

Aunque era algo tarde, yo estaba trabajando y vi entrar el mensaje. Contesté en seguida, con la esperanza de que él no se hubiera apartado del ordenador y viera mi respuesta. Le decía que podíamos hablar en ese mismo instante y le daba mi número de teléfono, para que me llamara.

Crucé los dedos, pasaron unos minutos y sonó el teléfono. Era él.

—Hola —dijo.

—Hola —respondí yo.

Le pregunté, por iniciar la conversación de algún modo, cómo iba su *carta a la madre* y me dijo que mal, que no conseguía arrancar, aunque había cobrado un anticipo en metálico.

—¿Por qué en metálico? —pregunté sorprendido.

—Cuando el editor me propuso el encargo, dije que sí a condición de que me pagara de ese modo, pero no sé por qué lo hice. La verdad es que no tengo tarjeta de crédito y siempre me ha gustado manejar dinero real, pero de eso a pedir un anticipo en metálico...

—A lo mejor se pensó que querías cobrar en dinero negro.

—¿Por qué? —preguntó con expresión de alarma.

—No sé, nadie paga así, si no es por desprenderse de dinero negro.

Estuvimos un rato dando vueltas al asunto del dinero negro. Me pareció que Álvaro intentaba dar una imagen de escritor excéntrico y atormentado, aunque quizá fuera un escritor excéntrico y atormentado, ¿cómo saberlo? Cuando logré reconducir el diálogo al asunto de la adopción, él regresó a la *carta a la madre*, que le tenía obsesionado. No sabía si escribirla a su madre adoptiva y muerta o a su madre real, pero desconocida. Me pregunté si estaría bajo los efectos de algún estupefaciente, porque tenía tendencia a hablar formando círculos, pero en seguida me di cuenta de que sólo pretendía alargar la conversación.

—¿Tienes miedo? —le pregunté de súbito.

Tras permanecer unos segundos en silencio, dijo:

—Sí, no me acostumbro a vivir solo. Por la noche, esta casa se llena de fantasmas.

—¿Qué clase de fantasmas?

—No sé, fantasmas.

Entonces me contó que el día que nos conocimos, al volver a casa, contrató a una prostituta a la que confundió con su madre muerta. Me relató la escena de la ducha y la conversación posterior sobre carbunclos, o carbúnculos. Yo pensé que trataba de seducirme, y lo cierto es que lo estaba consiguiendo, pero aún necesitaba distinguir lo verdadero de lo falso. Mi olfato periodístico había empezado a señalarme que quizá Álvaro no era un adoptado verdadero, sino vocacional.

—¿Cuándo te dijeron que eras adoptado? —pregunté al fin en un intento por tomar las riendas de la conversación.

—En realidad, no sé que soy adoptado porque me lo hayan dicho, pero siempre he tenido esa sospecha.

—¿Por qué?

—Porque un día, tenía yo ocho o diez años, estaba viendo la televisión mientras mi madre hablaba por teléfono. Entonces ella pronunció una frase que una madre jamás habría dicho delante de un hijo verdadero.

—¿Qué frase?

—No me acuerdo, pero sé que me dije: soy adoptado.

Insistí en que tratara de recordar y aunque al principio no parecía dispuesto, finalmente pronunció la frase de su madre que ya he reproducido más arriba: «Estoy arrepentida; ahora no volvería a hacerlo».

Le dije dos cosas: que esa frase no significaba nada (aunque yo había perdido a mi hija real por una frase de mi mujer que tampoco significaba mucho) y que la fantasía de haber sido adoptado era relativamente común. Me respondió irritado que él también había leído a Freud (no lo había leído, yo tampoco, pero los dos éramos capaces de citarlo con cierta solvencia). Luego rebajó el tono y añadió que de pequeño se había sentido atraído sexualmente por su madre.

—Si has leído a Freud —dije con maldad—, sabrás que tampoco eso es anormal.

Volvió a irritarse y dijo que no me había llamado para discutir sobre Freud, sino para comentarme su caso si todavía estaba interesado en él.

—Lo estoy —dije.

Entonces me contó que había recibido la llamada de una ex monja que había trabajado como ayudante de quirófano en el sanatorio donde él había nacido.

—¿Puedes tú verificar —añadió— si en la época de la que hablamos se hacían esas cosas?

—Se hacían —dije, pues me sobraba documentación sobre el tema.

—¿Y podrías comprobar mi caso?

—Puedo intentarlo, pero no será fácil con los datos de que dispones. Las monjas se cierran como valvas cada vez que te acercas. Dame de todos modos unos días.

Mientras hablaba, percibí que la respiración de Álvaro Abril, al otro lado, era muy agitada. Intuí que no me había dicho aún lo más importante y le di un poco de hilo para que bajara la guardia. Al poco, fue incapaz de resistirse más y dijo:

—Lo mejor de todo es que no puedes ni imaginarte quién sería mi madre según esta ex monja.

—No, no puedo.

—¿Recuerdas la mujer de la que te hablé el día que nos conocimos en casa de mi editor?

—¿Qué mujer? ¿La de la biografía?

—Sí.

—¿Es ella?

—Eso dice la monja. Dice que se llamaba María de la Luz Acaso y esta mujer se llama Luz Acaso. No creo que haya muchas mujeres con ese nombre. Estoy hecho un lío.

—No me extraña —dije—, es todo demasiado no-velesco.

Le dije eso, que me parecía todo demasiado no-velesco, pero para mis adentros pensé en la red de coincidencias sobre la que se sostiene la realidad y que a veces, por causas que desconocemos, se queda al descubierto, como los árboles cuando se retira la niebla.

—¿Continúas ahí? —pregunté.

—Sí.

—¿Y crees que esta mujer, Luz Acaso, sabe que tú eres su hijo? ¿Ha insinuado algo?

—Sí y no.

—¿Cómo que sí y no?

Entonces me explicó que en uno de sus encuen-tros Luz Acaso le contó que se había quedado emba-razada cuando tenía quince años, mientras que en el siguiente lo negaba. También había estado casada y no había estado casada, y era y no era viuda al mismo tiempo.

—Te quiere seducir —dije aparentando una expe-riencia que no tengo.

—¿Crees que me querría seducir del modo al que te refieres si supiera que soy su hijo?

—No, creo que no —tuve que reconocer.

—La situación real, entonces, es que soy su hijo y no soy su hijo del mismo modo que ella es viuda y no es viuda y casada, pero no casada.

—Tienes una buena novela ahí —dije riendo.

—No quiero una novela, quiero una vida real.

Mientras hablábamos, intentaba imaginar la casa de Álvaro Abril. A ratos me la representaba grande y antigua y a ratos pequeña y moderna. Intenté imaginar también su mesa de trabajo. Situé el ordenador, el teléfono, los objetos de los que se rodeara. Posiblemente, no acerté en nada. Siempre que conozco a alguien, intento crearle un contexto, un orden, del mismo modo que cuando hablo por teléfono con una persona a la que no conozco físicamente intento deducir de su voz su rostro. Nunca acierto. Pero mientras jugaba a estas adivinanzas, una idea disparatada me vino a la cabeza: ¿Y si Álvaro Abril fuera mi Nadie? Ya expliqué lo que en aquel cuento había de autobiográfico. Aquella mujer que no había vuelto a ver desde hacía veinte o treinta años podía haber tenido un hijo mío, en efecto, que ahora tendría la edad de Álvaro Abril. No quiero crear una expectativa falsa: se trataba, como siempre, de un juego retórico. Quizá la red sobre la que se sostiene la realidad es pura retórica. La realidad no necesita sostenerse sobre ninguna red: ella es la red. Pero nosotros sí que necesitamos la invención. Necesitamos creer que las cosas suceden unas detrás de otras y que las primeras son causa de las segundas, como le dijo Álvaro a Luz Acaso en su primer encuentro.

Cuando escribo un reportaje, siempre soy consciente de que al seleccionar, de entre toda la documentación previa, los materiales definitivos, no hago otra cosa que manipular la realidad para que encaje en una lógica que sea comprensible para los lectores y para mí. Pero no siempre me creo lo que escribo. Muchas veces permanezco a este lado del reportaje, perplejo, frente a una realidad que aunque he logrado hacer entrar en la horma, a veces con éxito, continúa deshormada dentro de mi cabeza. Otras veces sucede al revés: hay mentiras que no resistirían la mínima confrontación con la realidad, pero que dentro de mi cabeza funcionan como un mecanismo de relojería. Mentiras, en fin, que merecerían ser verdades. La idea de que Álvaro Abril fuera mi Nadie, mi hijo, pertenecía a este tipo de mentiras. No lo era, sin duda, pero lo era en alguna dimensión de mí. Quizá en alguna dimensión suya yo había comenzado a ser su padre.

Quedamos en vernos al día siguiente, por la tarde, y colgamos, creo que con pesar, el teléfono.

A l día siguiente comí en casa de mi ex mujer, con mi hija y su novio alemán. Habían venido a Madrid para anunciar que se casaban. Yo, como padre, tenía que haber pronunciado algunas palabras un poco trascendentes, pero en ese momento sólo se me ocurrió darles la enhorabuena. Me pareció que mi hija, que actuaba de intérprete, añadió en alemán algo que yo no había dicho en castellano para dejarme en buen lugar. El encuentro fue difícil, no ya por las interrupciones dedicadas a la traducción, sino por las miradas que iban de un lado a otro de la mesa buscando un destinatario que no siempre hallaban. Tuve la impresión de que el alemán, que me observaba al principio como a un enemigo, comenzó a observarme tras el aperitivo como si intentara verse a sí mismo al cabo de veinte o veinticinco años. No necesitábamos hablar el mismo idioma para saber que los dos teníamos un pie en el mismo territorio.

—No has traído vino —reprochó mi ex mujer.

—No —dije.

—Ya no traes nada.

Y me llevo menos, estuve a punto de añadir, pero sonreí como si hubiera oído una delicadeza. Mi ex mujer era profesora de latín en un instituto de Madrid. Mi hija era profesora de filosofía en una universidad alemana. Mi yerno era un técnico con sensibilidad cultural. Las cosas no podían haber salido mejor, excepto que yo no estaba unido a ellas, a las cosas. No estoy dotado para los vínculos afectivos, aunque había intentado sustituir aquella falta con una familia del mismo modo que el cojo o el manco sustituyen la suya con una prótesis. Mi prótesis se enriquecía ahora con una pieza alemana, lo que la haría más sólida sin duda, aunque no para mí, pues hacía tiempo que la ortopedia se me había venido abajo obligándome a regresar al punto de partida.

El punto de partida tampoco era tan malo si eras capaz de llenar tu vida de hábitos. Soy un maestro de los hábitos, un coloso de las rutinas. Podría parecer que la tendencia a la repetición es incompatible con la condición de reportero, pero el reportaje sólo sale bien cuando constituye una ruptura de la pauta. Hay que tener hábitos para romperlos. La obra de arte (mis reportajes eran modestamente obras de arte) surge cuando rompes la norma, que es la materia prima. Repasé la norma mientras daba cuenta del pescado a la sal que había preparado mi ex mujer. Telefonearía al sanatorio en el que había nacido Álvaro Abril y pediría una entrevista con la madre superiora. Visualicé mi entrada en el hospital. Vi los pasillos, las escaleras, el ascensor quizá. La monja saldría de detrás de la mesa a recibirme. Yo me sentaría e iría al grano:

—Tal día de tal año nació aquí un niño que fue entregado en adopción a un matrimonio de apellido Abril. Pero la madre era una adolescente llamada Luz Acaso. La monja que trabajaba entonces como ayudante de quirófano, hoy secularizada, ha hablado conmigo. Necesitaría algún rastro documental de aquel parto porque estoy haciendo un reportaje sobre la adopción.

Algo me indicó que debía levantar la vista y cuando lo hice me encontré con la mirada espantada de mi ex mujer, mi hija y el alemán. Tal vez había gesticulado sin darme cuenta al hablar con la madre superiora. Enrojecí un poco al tiempo que mi hija decía:

—Pregunta Walter que en qué estás trabajando ahora.

—En un reportaje sobre la adopción.

Mi hija, un poco pálida, tradujo lo que había dicho y como advertí que esperaban algo más, relaté que se me había ocurrido después de que en unos grandes almacenes, un lector me dijera que en su casa me llamaban el hermanastro de su padre.

Mi ex mujer señaló que todo aquello le parecía algo siniestro (cometí el error de confesar que había merodeado por los alrededores de la casa donde vivía mi «gemelo», para verlo, o quizá para verme fuera de mí), pero el alemán pareció interesarse por el asunto y dijo, siempre a través de mi hija, que había una autora francesa, cuyo nombre memoricé, Marthe Robert, según la cual sólo había dos tipos de escritores (me halagó que utilizara el término *escritor* incluyéndome a mí): aquellos que escribían desde la convicción de que eran bastardos y aquellos otros que lo hacían desde la creencia de que eran legítimos.

—Sólo existen esas dos escrituras —añadió—: la del bastardo y la del legítimo.

La hipótesis, expuesta en tan pocas palabras, me pareció deslumbrante y así se lo hice saber. Creo que puse en ello un entusiasmo que no gustó ni a mi ex, ni a mi hija, como si de súbito se hubieran dado cuenta de que Walter y yo, efectivamente, teníamos un pie en el mismo sitio. Entonces advertí que mi hija miraba a su madre como si en ella viera ya algo de su futuro. Estamos condenados, en efecto, a tropezar con aquello de lo que huimos.

Walter y yo renunciamos a la complicidad que se había establecido entre nosotros para tranquilizar a las dos mujeres, pero el mal ya estaba hecho y el resto de la comida fue un suplicio. Por otra parte, yo estaba deseando irme para disfrutar del descubrimiento de que sólo había dos literaturas: la que se escribe desde la convicción de que uno es un bastardo y la que se escribe desde la creencia de que uno es legítimo. Quizá sólo hay dos maneras de vivir: como un bastardo o como un legítimo. Me pareció que por fuerza tenía que ser más interesante la literatura del bastardo, porque el bastardo, real o imaginario, da lo mismo, pone en cuestión la realidad (éstos no son mis padres, las cosas no son como me las han contado), lo que es el primer paso para modificarla.

Álvaro Abril era, con independencia de su origen real, un escritor bastardo, pues daba la impresión de haber salido al mundo a través de la misma rendija de la que vienen los hijos de los adúlteros, y procedía por tanto de un espacio en el que circulan verdades que no conocen los del lado de acá. *El parque,* pese a sus insuficiencias, era una novela bastarda. Contaba la historia de un grupo de muchachos que se reunían a beber cerveza y a fumar porros en un parque cercano a su instituto. El grupo les protegía del mundo al precio de no dejarles crecer. La novela relataba las tensiones que se establecen entre el grupo y el protagonista —un chico de dieciocho años llamado Álvaro: igual que el autor— cuando éste decide convertirse en un individuo. Hay un momento espléndido, en el que el adolescente se contempla a sí mismo y a los otros y se dice: «yo no soy de aquí», sin que por eso sepa a dónde pertenece. En ese parque cercano al instituto conviven sin mezclarse varias dimensiones de la realidad: la de los jubilados, la de las amas de casas con niños, la de los adolescentes como Álvaro y sus amigos, y la de aquellos otros «adolescentes» de casi treinta años que ahora acuden al parque con la excusa de pasear a sus perros, y que continúan viviendo en casa de sus padres, aunque siempre esgrimen proyectos laborales fantásticos que nunca realizan. Es al mirarse en ese grupo cuando el protagonista de la novela decide huir, aunque no ve otra dirección que la de ninguna parte, pues no es hijo de nada ni de nadie (¿sería más propio decir que es hijo de Nadie?). Leí en su día la novela por lo que me pareció que podía haber en ella de reportaje y no me decepcionó: a medida que pasaba el tiempo comprendía por qué.

Cuando mi ex mujer sirvió el postre, comencé a mirar el reloj ostensiblemente, pues ya les había advertido de que tenía una cita. De este modo me libré del café y escapé de allí sin cometer más torpezas. Cuando me iba, mi hija me besó cerca del oído para decirme algo que no entendí, aunque moví la cabeza en señal de asentimiento con el gesto miserable de quienes fingen comprender algo que se les ha dicho en otro idioma (luego pensé que quizá me había hablado, absurdamente, en alemán).

Álvaro Abril me estaba esperando en el café en el que habíamos quedado. Me senté frente a él, pedí una copa y tras unos preámbulos me contó sus encuentros con Luz Acaso desde el día en que se presentó en Talleres Literarios atraída por un anuncio del periódico. Apenas le interrumpí, excepto cuando narró la sesión en la que ella le revelaba que había tenido un hijo siendo adolescente. Le pregunté qué día exactamente le hizo esa confesión y coincidía con el que yo había estado en la radio hablando sobre el tema. La propia Luz confesaría a Álvaro que escuchó parte del programa, de ahí que se inventara un hijo que luego afirmó no haber tenido.

El último encuentro, me dijo Álvaro, había tenido lugar esa misma mañana. Ella, por supuesto, no dio muestras de saber nada de la llamada que el día anterior había recibido Álvaro de una ex monja. Se sentó, retirándose un poco el abrigo, como si tuviera calor y frío al mismo tiempo, y esperó dócilmente a que el muchacho encendiera el magnetofón. Luego preguntó si Álvaro había comenzado ya a escribir su biografía. Él dijo que aún no, pues prefería disponer de todo el material antes de decidir cómo debía articularlo.

—Hasta ahora —añadió tentando la suerte—, sólo me ha contado usted sucesos imaginarios. No digo que los sucesos imaginarios no sean reales, pero quizá deberíamos engarzarlos en la realidad real.

—¿En la realidad real? —preguntó ella con expresión de desconcierto.

—En los datos, si prefiere que lo digamos así. Ponemos el dato como base y sobre el dato colocamos el suceso fantástico.

—¿El suceso fantástico es la guinda?

—No he querido decir eso.

Luz Acaso hizo un gesto de cansancio. Ese día estaba más pálida, si cabe, que los anteriores. Se le notaba en el cuello una red de venas azules que se perdían bajo el escote de la blusa. Llevaba una blusa blanca cuya textura se volvía opaca en los lugares donde se superponía a la ropa interior, también blanca. Comprendí, por el modo en el que Álvaro la describía, que estaba enamorado de ella, aunque quizá él no se había dado cuenta. Cabía preguntarse si necesitaba más una madre que una compañera, pero quizá buscaba las dos cosas. Tras el gesto de cansancio, ella dijo:

—Mire, he pensado dejarlo. Fue una tontería empezar.

—No lo deje, por favor —suplicó él.

—Pero usted quiere datos y a mí los datos me aburren. No tengo muchos más de los que figuran en el carné de identidad, por otra parte.

—Está bien, no me dé datos. Déme lo que quiera.

—Le diré algo real, si eso es lo que necesita para hacer el guiso biográfico: no puedo tener hijos. Si le conté de un modo tan real el parto, fue porque lo he imaginado cien veces.

—¿Por qué no puede tenerlos?

—Me han vaciado. Ahora mismo estoy de baja por enfermedad, convaleciente de esa operación.

No era la primera vez que Álvaro escuchaba esa expresión, *me han vaciado*, para aludir a determinada intervención quirúrgica, y aunque siempre le había asombrado, ahora le produjo un escalofrío. Dice que imaginó a Luz Acaso completamente hueca, como una figura de finísima porcelana, y que comprendió entonces su fragilidad.

—¿La han vaciado? —preguntó como en un eco.

—Eso es. Así lo llaman, ¿no? Fui al médico veinte veces. Me hicieron toda clase de análisis, de pruebas, y al final me dijeron que tenían que vaciarme. No sabe usted hasta qué punto era verdad. Me han dejado sin nada dentro, sin nada.

Álvaro la contemplaba maravillado y perplejo. Se dijo que quizá él, con la biografía que escribiera de ella, conseguiría restituir algo interno de lo que le habían arrebatado a esa mujer.

—Podemos empezar por ahí, por el vaciado —dijo.

—Empiece por donde quiera. Ya tiene algo real. Ya tiene un dato. Es eso lo que necesitaba, ¿no? ¿Quiere que le dé los detalles de ese dato? ¿El nombre del cirujano? ¿Su dirección? ¿Su número de teléfono?

—No es preciso.

—¿Quiere que le diga cómo se siente una cuando despierta y sabe que no tiene nada dentro de sí, que está más hueca que un mueble en un sótano? ¿Necesita saber para escribir mi biografía cómo se ven las cosas cuando se lleva dentro un agujero de dimensiones cósmicas? ¿Hay palabras para expresar el peso de ese agujero, la profundidad de ese vacío?

—Quizá no —respondió Álvaro.

—Entonces no sé si tiene sentido que continuemos hablando. Le pagaré las horas que me ha dedicado. Tire todas esas cintas a la basura.

—Quizá sí haya manera de expresarlo —rectificó Álvaro—. Déme la posibilidad de intentarlo.

—No.

—Venga un día más. Sólo un día más, mañana, y con el material de que disponga escribiré lo mejor que he escrito hasta ahora.

Luz Acaso lo miró como una mujer madura miraría a un muchacho por el que sintiera una mezcla de afecto y pena. Luego dijo:

—Un día.

—De acuerdo.

Cuando ya estaba a punto de levantarse, le hizo una pregunta curiosa:

—Dígame, ¿es un buen comienzo para una novela la frase *yo tenía una casa en África?*

—Sí, es muy bueno. Así comienza *Memorias de África.*

—¿Y *yo tenía un acuario en el salón?*

—No es lo mismo.

—¿Por qué? No es para mí. Es para una amiga que quiere escribir.

—No sé, las palabras casa y África son evocadoras. Acuario y salón, no.

—No sé por qué no —dijo ella y se levantó.

Sonreí por aquel final tan pintoresco, pero Álvaro permaneció serio. Aquella mujer era capaz de hacerle dudar sobre lo que era literario y lo que era simplemente chusco. Le pregunté si creía que el dato de la intervención quirúrgica era cierto.

—Es imposible saber cuándo miente y cuándo dice la verdad —dijo.

—¿Del mismo modo que no hay manera de averiguar si tú eres adoptado o biológico?

—¿Qué interés tendría en engañarte? No me hace una ilusión especial que me saques en tu reportaje.

No pude evitar cierto tono de paternalismo que él aceptó como si formara parte de las reglas del juego. Le dije que todos hemos fantaseado alguna vez con la idea de ser adoptados y le expuse, sin señalar la procedencia, que sólo había dos clases de literatura y quizá dos clases de existencia: la de aquellos que se han sentido extraños dentro de su propia familia y la de aquellos otros que estaban convencidos de pertenecer a ella.

—También hay gente convencida de que sus padres son sus padres —concluí.

—Allá ellos —añadió él—. También hay escritores que creen haber escrito lo que publican.

—¿Tú no?

—Yo no.

—¿Tú no eres el autor de *El parque?*

—*El parque* es hija mía como yo soy hijo de mis padres.

Me habló de la autoría de la obra de arte, cuyos pormenores le excitaban, mientras yo observaba sus gestos del mismo modo que Luis Rodó, el protagonista de *Nadie,* había observado los de Luisa, la hija de Antonia, en la mesa de los adúlteros del restaurante cercano a la editorial. Advertí que tenía, como yo, un pequeño lunar en el lóbulo de la oreja derecha y que cultivaba un escepticismo que no llegaba a sentir, pero al que tendía como una imposición moral. Podría haber sido mi hijo. Podría serlo. Pero insisto: no era más que un juego retórico. Aunque escribo reportajes, imagino novelas todo el tiempo. ¿Qué ocurriría en mi vida si se me revelara de repente la existencia de un hijo que fuera una prolongación de los devaneos adúlteros de mi juventud? La idea me producía escalofríos, no sé si escalofríos de pánico o de felicidad, pero hacía aún más extraña la distancia con mi hija real, como si lo real se convirtiera en lo imaginado y lo imaginado se hiciera patente. Me di cuenta de que era mejor padre de Álvaro Abril que de mi hija, aunque trataba a mi hija desde pequeña y acababa de conocer a Álvaro. Deseé que fuera mi hijo como he deseado haber escrito libros que no me pertenecen. Entonces comprendí lo que intentaba decirme acerca de la autoría. Del mismo modo que hay padres adoptivos más legítimos que los verdaderos, hay autores que no se merecen los libros que han escrito. Es muy difícil merecer ser padre, o ser autor. En cuanto a los hijos, ya he dicho que todos somos en cierto modo adoptados.

Le pregunté si la llamada de la ex monja podía ser una broma de mal gusto de alguien que le conociera y me aseguró que no. Nos despedimos con un apretón de manos, prolongando el contacto más allá de lo que es usual, y le prometí que investigaría su caso.

—Nos llamamos —dijo, y eso fue todo.

En el siguiente encuentro, casi como era de esperar, Luz Acaso se desdijo y confesó que no la habían vaciado, pero que vivía obsesionada con esa posibilidad.

—Me he quedado vacía imaginariamente tantas veces —añadió—, que vivirlo una sola vez en la realidad no puede ser peor.

Llevaba la misma blusa blanca del día anterior, quizá la misma ropa interior también, calculó Álvaro excitándose de un modo que se censuró de inmediato. Luz Acaso no era una mujer descuidada, de manera que aquel abandono parecía el síntoma de un cansancio que conmovió a Abril. Tras desdecirse, permanecieron en silencio los dos, escuchando el roce de la cinta en las entrañas del magnetofón (los detalles descriptivos no son míos, sino de Abril: yo jamás habría dicho que la cinta giraba en las «entrañas del magnetofón»). Entonces ella movió los ojos en dirección al aparato y dijo:

—Estás gastando cinta inútilmente.

Era la primera vez que le tuteaba y fue —me contaría Álvaro— como si la mujer se hubiera levantado de la silla, se hubiera acercado y le hubiera hecho una caricia.

—No —dijo él—, la cinta está grabando tu silencio, que vale tanto como tus palabras.

—¿Cómo contarás los silencios en mi biografía? ¿Con páginas en blanco?

—Aún no lo sé, pero los contaré también.

—Te va a salir un culebrón —dijo ella.

—Ya veremos.

Luz Acaso suspiró y se retiró el abrigo. Cruzó las piernas y Álvaro pudo oír el roce de las medias a la altura de los muslos. Rogó que el magnetofón hubiera recogido ese sonido. Luz llevaba unos zapatos negros en cuyo escote había una pieza de encaje. Su pie parecía el cuerpo de una niña a medio vestir, eso me dijo un poco trastornado.

—Entonces hoy es el último día —añadió ella—. Dijiste que cuatro o cinco encuentros serían suficientes. ¿Lo han sido?

—Todavía no ha terminado el último —dijo él mirando el reloj.

—¿Y qué esperas del último? ¿Otra mentira?

—Nada de lo que me has dicho es mentira.

—Tú sabes que sí.

—Dime entonces una verdad.

—¿Una verdad en la que engastar las mentiras anteriores?

—Si quieres expresarlo de ese modo...

—Está bien. Te diré una verdad. ¿Te acuerdas de Fina, la verdadera viuda?

—Sí.

—Pues yo soy Fina, discreción y compañía para caballeros serios, veinticuatro horas. Vivo de eso, pero a mi edad ya no puedo vender otros encantos.

—Sí puedes, pero no importa, sigue hablando —dijo Álvaro.

—El teléfono te permite seleccionar un poco a los clientes. Digo un poco porque muchos engañan. Son tímidos cuando hacen el contacto, pero brutales cuando los tienes cara a cara. Mira —añadió sacando de su bolso un teléfono móvil—, ¿ves lo pequeño que es este aparato? Pues caben en él más miserias de las que tú serías capaz de poner en un libro de mil páginas. ¿Quieres escuchar los mensajes que me dejan, los mensajes que me dejáis los hombres?

—Sí. No. No sé.

Luz Acaso marcó el número de la central de mensajes y le pasó el aparato a Álvaro, que se lo colocó absurdamente en el oído para oír una serie de obscenidades que le hicieron palidecer. Me contó que había estado a punto de jurar que él no había sido, pero le devolvió el teléfono a Luz sin decir nada.

—¿No tomas notas de las proposiciones que me hacen?

—Me acordaré —dijo él.

—Pues ya lo sabes: yo soy la viuda alternativa de aquel hombre cuyo fallecimiento te relaté en nuestro primer o segundo encuentro. Era un buen hombre que utilizaba mis servicios dos días a la semana, los martes y los jueves. Cuando tenía coartada, se quedaba a cenar. Ni siquiera me pedía que nos metiéramos en la cama, aunque a veces sí, y a mí no me importaba. Le gustaba fingir que estábamos casados, de modo que hacíamos vida de matrimonio. En cierto modo, éramos un matrimonio al revés. La gente se esconde para hacer cosas prohibidas, pero nosotros nos escondíamos para hacer lo permitido, incluso lo bien visto. Éramos como el matrimonio que vivía en la puerta de al lado, con la única diferencia de que lo llevábamos en secreto. Veíamos la televisión o jugábamos a las cartas, le gustaban las cartas. Estaba casado con una mujer que conocía desde la adolescencia. Había sido su primera novia y la última. Ella se quedó embarazada de él cuando tenía quince o dieciséis años, pero dieron al niño en adopción, pues no podían hacerse cargo de él. Ese niño tendría ahora tu edad. Todo esto me lo contaba él mientras hacíamos esa rara vida de matrimonio. Quería mucho a su mujer, con la que luego no tuvo hijos por respeto a aquel primero del que se habían desprendido, pero necesitaba otra esposa con la que hablar de todo aquello sin herirse. Esa otra esposa era yo.

—¿De qué murió? —preguntó Álvaro.

—De nada. Se murió de un día para otro. Yo me enteré de casualidad, porque vi su esquela en el periódico, así que me presenté en el velatorio y lo vi de cuerpo presente. De paso, observé cómo era su casa e imaginé cómo habría sido la mía si me hubiera tocado vivir en el lado real de la realidad. Era una casa corriente, quizá un poco triste. Su mujer no era mejor que yo. Quizá, pensé, yo le había hecho más feliz que ella aun siendo una esposa a tiempo parcial, por decirlo de un modo rápido. Cuando ya me iba, reparé en el libro de firmas y en la bandeja de plata con las tarjetas de visita. En realidad era un libro de contabilidad. Yo escribí en la parte del *Debe* aquella frase que te conté: «La verdadera viuda estuvo aquí sin que nadie la reconociera, así es la vida». Luego dejé una tarjeta en la bandejita de plata. Durante los siguientes días me sentí como una viuda. Todavía me siento así. Los martes y los jueves espero que suene el timbre de la puerta, pero nunca suena. Mi casa tiene dos habitaciones, una al lado de la otra, como dos pulmones. He clausurado la habitación en la que nos acostábamos, como si no existiera. La he cerrado y he tirado la llave a la basura. Está como el último día que pasamos juntos en ella, eso supongo. Yo duermo en la habitación de al lado y a veces imagino que el fantasma de él todavía se presenta los martes y los jueves en la habitación vacía y espera que yo entre en ella. Y yo entraría si pudiera desprenderme del cuerpo, que es la forma en que se desnudan los fantasmas. Para una historia real que te cuento, está llena de fantasmas, como ves.

—¿Por qué la primera vez me contaste esta historia desde el lado de la esposa?

—Porque me gusta ponerme en el lugar de los demás. ¿Has pensado lo de *yo tenía un acuario en el salón*? ¿Te parece mejor que ayer?

—No sé. ¿Quién es esa amiga tuya que quiere escribir? —preguntó Álvaro suponiendo que se trataba de ella misma.

—Pues una amiga que te admira mucho. Ahora está conquistando su lado izquierdo para escribir un libro zurdo.

—¿Qué es un libro zurdo?

—No lo sé. Un libro escrito con el lado con el que no se sabe escribir.

Álvaro sintió que Luz Acaso acababa de verbalizar con una sencillez sorprendente una idea suya y cuando trató de imaginar la vida sin aquellos encuentros le pareció insoportable.

—¿No podemos tener tres o cuatro encuentros más? —suplicó.

—No —dijo ella—, no podemos. Además, ya sabes lo que te diría en el siguiente.

—¿Qué me dirías?

—Que lo que te he contado hoy no era verdad.

Ella se levantó de improviso, como si quisiera terminar con todo aquello cuanto antes, y él ni siquiera tuvo tiempo de insinuar que sabía, gracias a una llamada telefónica anónima, que ella era su madre.

—Cuando tengas la biografía me llamas —dijo ella.

—Sí —respondió él.

Nada más quedarse solo, Álvaro Abril buscó un periódico, lo abrió por la sección de contactos y al poco dio, en efecto, con un anuncio que decía: «Fina, discreción y compañía para caballeros serios. Veinticuatro horas». Lo recortó, lo guardó en la cartera y luego me telefoneó.

—Es una prostituta —dijo.

—¿Te lo ha dicho ella? —pregunté intentando sembrar dudas—. Porque te ha dicho otras cosas también...

—Era la última vez que nos veíamos y prometió que me diría la verdad.

Entonces Álvaro me contó el encuentro desde el principio hasta el final y cuando colgué el teléfono cogí el periódico y busqué el anuncio. Allí estaba, en efecto: «Fina, discreción y compañía para caballeros serios. Veinticuatro horas». Llamé, pero colgué en seguida pensando que no estaba procediendo con orden. Después de todo, el enamorado era Abril.

A l día siguiente tuve una entrevista con la madre superiora del sanatorio de monjas en el que había nacido Álvaro Abril. Le expliqué que estaba haciendo un reportaje sobre adopciones y negó que en alguna época se hubiera practicado allí el tráfico de niños recién nacidos. Cuando insinué que una ex monja que había trabajado como ayudante de quirófano afirmaba lo contrario, se levantó y no quiso seguir hablando conmigo, sugiriéndome que acudiera a los tribunales. Logré averiguar el nombre del ginecólogo que en aquella época trabajaba para el sanatorio. No era probable que hubiera obtenido nada de él en vida, pero había muerto el año anterior, al poco de jubilarse, y su viuda me colgó el teléfono cuando oyó la palabra periodista. Aunque el trasvase de niños de madres solteras a matrimonios sin hijos había sido habitual durante una época, nadie, en fin, había dejado rastros de un delito que entonces se consideraba una obra de caridad. Todos los caminos permanecían cegados. Ni siquiera el testimonio del propio Álvaro era fiable, pues sólo estaba basado en impresiones, cuando no en el simple deseo de tener unos padres distintos de los que le habían tocado en suerte. Podría haber abierto otras vías de investigación, pero entonces aún pensaba que la ex monja era un invento suyo para probar que Luz Acaso era su madre.

Entretanto, me llamaron un par de veces del periódico preguntando cuándo pensaba entregar el reportaje sobre la adopción. Había cobrado los gastos ocasionados por la investigación, pero había retrasado la entrega en tres ocasiones. Pedí un par de semanas más, aunque lo cierto es que ya no me apetecía escribirlo. Algunas noches, me sentaba a la mesa de trabajo con toda la documentación desplegada ante mis ojos, y comprobaba con desasosiego que después de haber dedicado tanto tiempo a reunir casos verdaderos de hijos que buscaban a sus padres y de padres que buscaban a sus hijos, ahora sólo me interesaban los falsos adoptados, como yo mismo (*en casa te llamamos el hermanastro*), o como el propio Álvaro Abril. Pero también me obsesionaban los hijos reales o fantásticos tenidos fuera del matrimonio por adúlteros, a quienes estos hijos se les aparecían en un momento determinado para pedirles cuentas de su vida. Aunque jamás he releído nada mío una vez publicado, volví a leer un par de veces mi cuento *Nadie,* la historia

de Luis Rodó basada, en parte, en una experiencia
propia, y lamenté haberla publicado con aquella urgencia, pues me parecía que si la hubiera madurado
un poco más habría podido escribir una novela corta.
Siempre he asociado la novela corta al reportaje, pero
nunca había manejado un material tan favorable, que
quizá había echado a perder por precipitación.

Una tarde cogí el teléfono, hablé con el redactor jefe
del periódico y le propuse escribir un reportaje falso.

—¿Qué quieres decir con un reportaje falso? —preguntó.

—Pues eso —añadí—, una pieza de ficción con
apariencia de reportaje. Es que he conocido un par
de casos de gente que se cree adoptada y de hombres que creen haber tenido hijos que no han tenido.
Creo que sería interesante trabajar en esa zona de la
realidad dominada por lo que no ha ocurrido.

El redactor jefe era un hombre joven y no se atrevió a opinar directamente sobre mi propuesta, pero
me despachó sin contemplaciones diciendo que había
un exceso de ficción que el periódico no quería contribuir a aumentar.

—Todo el mundo está apostando ahora por la realidad —añadió, dejándome con la palabra en la boca
para acudir a la reunión de cierre.

Dudé si tomar parte de la documentación real, hilvanar a base de oficio quince o veinte folios, entregar
el reportaje que esperaban recibir, y reservar el resto
para un libro futuro. Pero temía que si trabajaba en
la zona real, perdiera las ganas de profundizar en la

irreal. Por otra parte, como no es raro que en los periódicos se olviden un miércoles de lo que te han pedido con urgencia un martes, recliné el asiento hacia atrás y eché una cabezada.

Me desperté sobresaltado a los diez minutos. Había soñado que Álvaro Abril era mi hijo. Supe entonces que no se me quitaría de la cabeza la idea de que quizá había tenido un hijo póstumo (así lo llamé curiosamente dentro de mi cabeza) hasta que no lo comprobara, de manera que dediqué un par de días a localizar a aquella amante de mi juventud con la que había roto de forma semejante a la que Luis Rodó, en *Nadie*, había roto con la suya. Vivía en Barcelona y no fue fácil justificar aquella llamada que se producía con más de veinticinco años de retraso. Le dije que me había acordado de ella de repente.

—De repente me acordé de ti.

—Ya —respondió a la defensiva.

—¿Cómo te va? —añadí intentando imaginar los estragos del tiempo sobre su rostro. Me pregunté si conservaría aquella capacidad para oscurecer la mirada cuando una idea sombría pasaba por su frente.

—Continúo viva —dijo—, si es a lo que te refieres.

Comprendí que había leído *Nadie* en el periódico y me maldije de nuevo por haberme precipitado en publicarlo.

—No es a lo que me refiero —repuse.

—De ti sé por los periódicos —añadió ella—. Un día te vi en televisión y me pareció que te habías convertido en un gordo.

—La televisión engorda —me defendí.

—Pero otro día te escuché por la radio y me pareció que continuabas siendo delgado.

—La radio adelgaza —se me ocurrió decir en simetría con mi respuesta anterior.

—Hablabas de hijos adoptados. Es un tema de moda.

—Pero yo no trabajo en él por moda. Es que —mentí— de repente me enteré de que era adoptado y empecé a darle vueltas al asunto.

—¿Y cómo te enteraste de que eras adoptado?

—Estaba firmando libros en unos grandes almacenes y un lector me dijo que en su casa me llamaban de broma el hermanastro de su padre porque era idéntico a él. Al despedirnos, me dio el teléfono por si en alguna ocasión quería conocer a mi gemelo. Un día llamé, me invitaron a tomar café y, en efecto, aquel hombre y yo éramos muy parecidos. Luego resultó que teníamos manías afines o complementarias. Decidimos hacernos unos análisis y nos dijeron que en efecto éramos hermanos gemelos.

—¿Os hicisteis análisis genéticos? —preguntó con extrañeza, como si se tratara de algo muy excepcional, por lo que temí haber dicho algo inverosímil, pero me reafirmé y añadí casi sin transición:

—Debieron de separarnos nada más nacer entregándonos a distintas familias. Tanto sus padres adoptivos como los míos han muerto y no nos pueden dar la información que necesitamos, pero no hemos renunciado a encontrar a nuestros verdaderos padres, si todavía viven. Cuando me puse a trabajar en el asunto, comprobé que hay mucha gente en nuestra situación y comencé a recopilar material para un reportaje.

—Ya —dijo ella. Ese «ya» era un rasgo de su personalidad que resultaba un poco exasperante, porque no había forma de saber si se trataba de un asentimiento verdadero o irónico—. Parece una novela.

—La vida está llena de novelas —dije yo—. ¿Y tú? ¿Has tenido hijos?

—¿Biológicos o adoptados?

—Da igual. ¿Los has tenido?

—Tranquilízate, no.

Ella sabía que me había quedado, cuando rompimos, con la preocupación de que estuviera embarazada. Y ahora negó de tal manera que dejaba una duda en el aire. Comprendí que había sido una equivocación llamarla, de forma que me despedí lo antes posible tras quedar vagamente en vernos cuando yo viajara a Barcelona o ella a Madrid.

Cuando colgué, advertí que estaba impresionado por el relato que le había hecho de mi hermano gemelo. Era falso, pero en alguna parte de mí era verdadero también, como las historias de Luz Acaso. Comprendí entonces que quería conocerla, pero no sabía cómo decírselo a Álvaro Abril sin que pareciera que me entrometía en su vida. Finalmente, me justifiqué, ella se anunciaba en el periódico. No necesitaba pedir permiso a nadie para establecer un contacto que estaba al alcance de cualquiera. Por otra parte, yo tenía cierta práctica en aquel comercio. Hacía años, cuando comenzaron a aparecer en la prensa los primeros anuncios de contactos, hice un reportaje sobre esta forma de prostitución. Llamé a decenas de mujeres a las que me presentaba como un falso cliente y conté sus vidas a lo largo de una serie semanal de gran éxito. Luego me quedé enganchado durante una larga temporada (durante años, por decirlo claro) a esta forma de relación que ofrecía sexo sin complicaciones sentimentales. El hecho de que Luz Acaso hubiera utilizado esta sección del periódico con la que yo me había relacionado tanto me pareció otro aspecto más de la coincidencia, de la existencia de la red invisible.

Cogí el periódico, lo abrí y coloqué el dedo índice sobre el borde del anuncio por palabras como un niño lo habría puesto sobre la cola de un insecto, para que no escapara, y lo leí de nuevo moviendo la lengua dentro de la boca: «Fina, discreción y compañía para caballeros serios. Veinticuatro horas». Lo leí ese día y al siguiente y al otro sin atreverme a llamar. Hoy estaba en la página derecha, arriba. Ayer, en la izquierda, abajo. Daba la impresión de moverse por el periódico como un insecto por una pared. Pero yo lo distinguía en seguida, como un entomólogo distinguiría un escarabajo de entre mil. Llevaba siguiendo el anuncio diez o quince días, con la esperanza de que desapareciera o con la esperanza de atreverme a llamar para ver cómo era la voz de la señora discreta, pero el tiempo pasaba sin que sucediera ninguna de las dos cosas.

El número correspondía a un teléfono móvil. Alrededor del anuncio había siempre cientos de reclamos llenos de colorido, como un muestrario de escarabajos tropicales disecados. Podían verse «mulatas cachondas», «primerizas calientes», «colegialas malas», «pelirrojas ardientes», «jovencitas viciosas», «gemelas idénticas», «geishas», «sumisas», «amas», «asiáticas», «cariñosas», «muñecas de porcelana»... En medio de todo ese colorido, la señora discreta constituía una rareza entomológica. Yo había coleccionado en otro tiempo insectos disecados (me gustaban especialmente aquellos que parecían llevar su propio ataúd sobre la espalda), y los anuncios por palabras me recordaban ahora aquella afición de adolescencia.

En esto, me llamó la atención otro anuncio situado en el borde inferior de la hoja que decía así: «En Talleres Literarios escribimos su biografía con los datos que usted nos proporciona y editamos el número de ejemplares que desee. Haga a sus hijos o nietos el mejor regalo. Cuénteles su vida. Calidad literaria garantizada». El reclamo, que estaba dentro de un pequeño módulo, se trataba también de una rareza publicitaria o biológica en la que quizá Luz Acaso había reparado mientras dudaba si comenzar una carrera como señora discreta. La imaginé cogiendo el teléfono y llamando a Talleres Literarios con el asombro de haber llenado las siguientes horas, quizá los siguientes días de su vida.

Luego supe que mientras yo dudaba si telefonear o no a Luz Acaso (o a Fina, según se mire), el que sí se había decidido a hacerlo fue Álvaro Abril. Dudó, desde luego, aunque no tanto como yo. Lo hizo a los tres o cuatro días de que hubieran dejado de verse y a la misma hora a la que se encontraban en Talleres Literarios. Llamó y colgó un par de veces, es verdad, pero a la tercera, cuando Luz Acaso (o Fina), respondió, sólo fue capaz de decir una palabra:

—Mamá.

Fina permaneció en silencio unos segundos, tal vez dudando si continuar o no el juego. Luego, como si no hubiera oído bien, dijo:

—¿Sí?

—Soy yo, mamá — repuso Álvaro y Fina se echó a llorar al otro lado.

—Cuánto tiempo, hijo —respondió al fin entre sollozos.

Cuando Álvaro me relató esta primera llamada, me impresionó la facilidad con la que llegaron a un acuerdo tácito para que cada uno se comportara como esperaba el otro. Luz, o Fina, no sé cómo referirme a ella sin traicionar el relato de los hechos, pues eran dos mujeres, sí, pero eran la misma, necesitaba un hijo y Álvaro necesitaba una madre, de modo que cumplieron su papel a la perfección. Por supuesto, no aludieron a sus encuentros en el despacho de Talleres Literarios, sino que iniciaron, vía telefónica, una relación nueva. Álvaro la llamaba a las doce y durante una hora se intercambiaban vidas más o menos ficticias cuyo común denominador había sido la espera de aquel momento en el que el destino los uniera. Tampoco cayeron en la tentación de quedar para verse. El pacto tácito implicaba que la relación sería sólo telefónica. En realidad, era como si a través de este aparato, se comunicasen con una dimensión en la que cada uno cumplía unos sueños de maternidad o filiación que la realidad les había negado. En aquella primera llamada, Álvaro habló a Luz Acaso de su «familia adoptiva». Para no preocuparla demasiado, dijo que había sido una buena familia, aunque algo fría y religiosa hasta la exageración. Le dieron de todo, menos afecto.

—Ella ya murió —añadió.

—¿Qué edad tenías tú?

—Veinte. Luego viví con mi padre adoptivo muy poco tiempo, porque ese mismo año publiqué una novela de éxito y me fui de casa.

—¿Y estás bien instalado, hijo?

—Sí, vivo en un ático, con una gran terraza y plantas.

Era mentira, no tenía plantas, pero le pareció que a su madre le gustaría oírlo.

—¿Cómo te enteraste de que eras adoptado?

—Por casualidad. Un día, tendría nueve o diez años, oí a mi madre hablar por teléfono con alguien. Dijo: «Estoy arrepentida; ahora no volvería a hacerlo», y al darse cuenta de que yo la estaba mirando se dio la vuelta avergonzada y continuó hablando en voz baja. Nunca me lo dijeron claramente, pero siempre lo supe.

—¿Cómo es tu padre adoptivo?

—Muy mayor y muy en su mundo. Siempre he sido invisible para él. Quizá me adoptó más por presiones de su mujer que por deseo propio. Ahora vive con una mujer árabe y creo que le da lo mismo que vaya a verle o no.

—Siempre hay uno que no quiere —dijo Luz Acaso.

—¿Qué no quiere qué?

—Da lo mismo, no importa lo que propongas, hijo, siempre hay alguien que no quiere eso porque quiere otra cosa.

Álvaro Abril se moría por preguntar por su padre. La pregunta le quemaba en la lengua, quién es mi padre, pero no se atrevió a hacerla aquella primera vez. Tenía talento narrativo y sabía que las situaciones han de madurar, que no hay nada peor en un relato (al contrario que en un reportaje) que la precipitación.

Y mientras Álvaro, sin que yo en aquel momento lo supiera, mantenía aquella apasionada relación filial con Luz Acaso, yo un día me decidí a marcar el teléfono de Fina, discreción y compañía para caballeros serios. Veinticuatro horas.

—Soy un caballero serio —dije en tono de broma amable cuando respondió, al fin, después de que me hubiera salido mil veces el buzón de voz.

—¿Cómo de serio? —preguntó ella tras unos instantes de vacilación.

—Aprecio la discreción por encima de todo.

—Pues es que ya sólo atiendo casos muy especiales, para hacer compañía y enseñar la ciudad, si eres de fuera.

—Es lo que necesito —dije.

—¿Y qué hay del sexo?

—Cuando busco compañía —dije—, no busco sexo. Son cosas diferentes. ¿Podemos vernos? Esta noche necesito compañía para cenar.

—Esta noche sí puedo —dijo ella después de consultar o de hacer como que consultaba una agenda. La cité en un restaurante de Príncipe de Vergara que por lo visto no estaba muy lejos de su casa.

Llegué yo antes y cuando la vi acercarse a la mesa, después de que el camarero le hubiera indicado mi situación, me pregunté por qué Álvaro no me había dicho nunca que se trataba de una mujer enferma. Resultaba imposible no darse cuenta, no ya por su delgadez, sino porque se estaba volviendo transparente. Iba muy arreglada y tenía el pelo rubio, cosa que tampoco me había señalado, aunque podía estar teñida, no diferencio una cosa de otra. Al quitarse el abrigo, observé que llevaba debajo la falda de piel de la que me había hablado Álvaro y uno de los jerséis de cuello redondo, muy fino, que se plegaba a su cuerpo de tal modo que hacía que sus pechos, no demasiado grandes, cobraran una dimensión turbadora en un conjunto tan frágil. La enfermedad, fuera cual fuera, la hacía deseable. Tenía los ojos verdes, la nariz muy pequeña, y la mandíbula superior sobresalía un poco del plano del rostro, proporcionando a ese labio un gesto permanente de incredulidad. Quizá ella no lo sabía, pero pertenecía a esa clase de mujer que te mira con una expresión interrogativa, de manera que, si no llevas cuidado, puedes caer en la tentación de ofrecerle respuestas.

Estaba asustada, como si después de haber tomado la decisión de acudir a la cita, tuviera miedo de las consecuencias que se derivaran de ella. Me dio miedo la posibilidad de que se arruinara el encuentro y que no hubiera otro, por lo que antes del segundo plato le dije que era un periodista bastante conocido (ella aseguró que efectivamente le sonaba mi nombre) y que estaba recogiendo material sobre mujeres que utilizaban la sección de contactos del periódico para prostituirse. Se ruborizó al escuchar esta palabra, y como ya digo que era transparente, pareció que su rostro se llenaba de vino. Le señalé que se había ruborizado y sonrió, asegurándome que el rubor estaba incluido en el precio.

—A la mayoría de los hombres les gusta que parezcamos inexpertas —añadió.

Ella parecía inexperta y probablemente lo era. Me pregunté qué rayos la había llevado a anunciarse en el periódico, como no fuera la lógica de un relato fantástico que quizá había empezado a no controlar. Después puso reparos a aparecer en mi reportaje y tuve que asegurarle que no habría fotos y que utilizaría un nombre supuesto. Dijo:

—Entonces te haré toda la compañía que quieras, y me ruborizaré, pero te saldrá caro.

Acepté el precio, pensando que en algún momento se lo podría cargar al periódico, y luego me contó que se prostituía desde los dieciocho años. Empezó como un juego, dijo, y llegó un momento en el que ya no sabía hacer otra cosa. No era de Madrid. Sus padres se habrían muerto de vergüenza si ejerciera la prostitución en la pequeña ciudad de la que procedía, no dijo cuál.

—Mis padres creen que soy funcionaria y que trabajo en Hacienda. A veces me hacen consultas sobre la declaración y tengo que buscar a alguien que me asesore. Afortunadamente, en esta profesión, porque es una profesión, y tan digna como cualquier otra, conoces clientes de todo tipo y siempre hay alguien que te echa una mano. Te asombrarías si te dijera la gente que ha pasado por mi cama, pero guardamos el secreto profesional, como un abogado o un médico.

Me pareció que estaba armando un discurso más para sí misma que para mí y la dejé hablar.

—¿No tomas notas en uno de esos cuadernos alargados? —preguntó.

—Ahora no, porque las notas interrumpen la conversación. Quizá más adelante, en otros encuentros.

—A lo mejor no te resulto interesante y sacas a otras.

—Aún no sé lo que quiero hacer. De momento, me apetece hablar con unas y con otras. Ahora te ha tocado a ti.

—Yo envidio a la gente que sabe escribir, porque, si yo supiera, escribiría mi vida y se convertiría en un best-seller.

—Todo el mundo cree que su vida es un best-seller.

—Pero algunas lo creemos con razón.

—¿Fina es tu verdadero nombre?

—No, pero mi verdadero nombre no se lo doy a nadie, ni siquiera a ti.

—¿Y por qué te pusiste Fina?

—Porque soy muy delgada, como ves, pero no sólo por eso, sino porque tengo una educación que tampoco es muy frecuente en las putas.

Volvió a ruborizarse y se lo señalé.

—Ya te he dicho que el rubor forma parte de las prestaciones. En mi casa, cuando se quería decir de una mujer que era muy delicada, decían que era muy fina. Fulana es muy fina. Por eso me puse Fina, pero la mayoría de los clientes no lo captan.

—¿Predomina el cliente grosero?

—Yo he aprendido a distinguirlos por teléfono y a los groseros ni los atiendo, no tengo necesidad. ¿Quieres oír los mensajes que me dejan, que me dejáis los hombres?

Tras decir esto, sacó un móvil del bolso, lo conectó y marcó el número del buzón de voz, como había hecho con Álvaro. Escuché tres o cuatro proposiciones brutales y se lo devolví. Comprendí en ese instante que quizá llevaba años jugando a recibir mensajes en ese teléfono móvil, jugando a ser prostituta, y tomé nota mentalmente para comprobar si su número de teléfono figuraba también en otros reclamos más fuertes que el de «discreción y compañía para caballeros serios. Veinticuatro horas».

—Pero he tenido clientes muy educados también. Personalidades políticas y artistas, como tú.

—Yo no soy artista.

—Será porque no quieres, porque si yo supiera escribir sería artista. ¿Sabes cómo empieza una novela titulada *Memorias de África*?

—Yo tenía una casa en África —dije.

—¿Es un buen comienzo? —preguntó.

—Es bueno, sí.

—¿Y por qué no sería bueno empezar un libro diciendo yo tenía un acuario en el salón?

—No lo sé, dímelo tú.

—Porque las palabras casa y África son evocadoras. Acuario y salón no.

Sentí un poco de vergüenza por la posición de privilegio que ocupaba sin que ella lo supiera, pero acallaba mi conciencia repitiéndome que no necesitaba que nadie me hubiera dado su teléfono, puesto que estaba al alcance de cualquiera, en el periódico.

—¿Te gusta leer? —pregunté.

—He leído a Isabel Allende. Si yo escribiera, elegiría ese estilo. No te rías, hay más escritores interesados en mi biografía.

—Yo no soy escritor.

—No eres artista, no eres escritor... ¿Se puede saber qué eres?

—Ya te lo he dicho: periodista.

—Pero sabes escribir, ¿no?

—Sí, pero sólo sobre cosas reales.

—Qué manía tiene todo el mundo con la realidad. Pues las cosas irreales también existen.

—Quizá lleves razón. Un amigo mío dice que si hubiera tenido hijos, el mayor tendría ahora veinticinco años.

—Ahí lo tienes. Y en las biografías supongo que todo el mundo miente, ¿no?

—Es posible.

Advertí que Fina (o Luz Acaso) había desarrollado una habilidad notable para hacer como que comía sin comer. Apenas probó lo que había pedido, pero al final la comida estaba distribuida por el plato de tal manera que daba la impresión de haber podido al menos con la mitad. Tenía en la cabeza mil preguntas, pero me pareció que era mejor no presionarla para que aceptara que nos encontráramos más veces. Cuando nos levantamos, yo me eché las manos atrás, casi siempre lo hago, en el gesto característico de las personas que padecen lumbago.

—¿Tienes lumbago? —preguntó.

—Sí, unos días más que otros. Hoy estoy fatal.

—Pues te tengo que presentar a una amiga escritora que quiere escribir un libro sobre el lumbago.

—Cuando quieras —dije—, pero no sé qué tiene de interés.

—Ya te lo dirá ella. En realidad, no está segura de si quiere escribir sobre el lumbago o sobre el l'um bago. Déjame un bolígrafo que te lo escriba.

Saqué el bolígrafo y escribió l'um bago sobre la palma de su mano mientras nos dirigíamos hacia la puerta.

—¿Sabes qué quiere decir l'um bago en rumano? —preguntó.

—Pues no, no lo sé.

—Quiere decir el ojo vago. Por eso no sabe si escribir sobre la región lumbar o sobre el ojo.

Me reí y me miró un poco ofendida. Luego cogió un taxi en la puerta del restaurante y me dejó solo.

Al día siguiente revisé la sección de contactos del periódico, buscando el número del móvil de Fina, y comprobé que estaba en varias partes, como me había imaginado, con otros nombres y bajo leyendas más provocadoras que la de «discreción y compañía» para caballeros serios. Así, por ejemplo, aparecía en un reclamo que decía: «Fóllame, fóllame toda y luego cuéntaselo a tu madre por teléfono». Y en otro que prometía un viaje «de la boca al culo, o del cielo al infierno del sexo» a quien se atreviera a llamarla. Entonces, fui al periódico, me dirigí al departamento de documentación, busqué en ediciones atrasadas y comprobé que Luz Acaso, si se llamaba Luz Acaso, llevaba mucho tiempo jugando a las putas.

Lo primero que se me ocurrió (deformación profesional) es que en la idea de utilizar un teléfono móvil secreto para jugar a las putas podría haber un reportaje interesante, de modo que esa misma tarde compré un móvil barato para repetir el experimento de Luz (o Fina o Eva o Tatiana, pues con todos estos nombres aparecía en la sección de contactos) y ver qué ocurría. Una vez activado el aparato llamé a una agencia y ordené colocar durante varios días el siguiente anuncio en la sección de contactos: «Hombre casado admitiría contactos esporádicos con mujeres discretas». Di el número del móvil que había comprado para ese fin y luego lo dejé en un cajón, desconectado.

Durante los siguientes días, cuando abría el teléfono, encontraba en el buzón de voz una colección de barbaridades que por lo general me horrorizaban, aunque me excitaban también. Había mensajes de mujeres tímidas y solas, que buscaban una salida imposible a su sexo, pero lo normal eran proposiciones directas y brutales hechas indistintamente por hombres o mujeres cuyas voces daba pánico escuchar. Me llamó la atención uno de los mensajes, dejado por una mujer de voz muy dulce y seductora. Decía que si sólo buscaba sexo, no podía ayudarme, pero que no dejara de llamarla si lo que necesitaba era una razón para vivir. Daba el número de teléfono de un móvil también. Llamé desde el mío y en seguida apareció la dulcísima voz al otro lado.

—Soy el hombre casado que busca mujeres discretas —dije.

—¿Cómo te llamas? —preguntó.

—Enrique —mentí—, ¿y tú?

—Rosa.

—Hola, Rosa.

—Hola, Enrique. ¿Buscas una razón para vivir?

—Busco dos, pero me conformaría con una.

—Yo estoy enferma, ¿sabes?

—¿Qué tienes?

—No importa. Estoy enferma, en la cama, con una almohada doblada debajo de la cabeza. En la mano derecha tengo el mando del televisor y en la izquierda el teléfono móvil. Son mis dos únicos instrumentos para navegar por la realidad. Tú tienes otros, ¿no?

—¿A que te refieres?

—¿Tienes dos piernas?

—Sí.

—Ahí tienes dos razones para vivir.

Yo permanecía de pie, algo encogido, junto a mi mesa de trabajo. Creo que jamás había escuchado una voz tan cautivadora. Podría haberme diluido en ella. No deseaba otra cosa que desvanecerme en la voz como se disuelve una obsesión en el sueño, pero había en ella al mismo tiempo una advertencia.

—¿Cuántos años tienes, Rosa? —pregunté.

—Doce. ¿Y tú, Enrique?

Colgué el teléfono aterrado y permanecí jadeando unos instantes, como si hubiera hecho un esfuerzo físico insufrible. Comprendí que los teléfonos móviles tejían sobre el universo una red de ansiedad que se superponía a la de la telefonía fija. Agujereábamos la capa de ozono, pero creábamos en su lugar otras capas, densas como mantas, de palabras que atravesaban la atmósfera buscando destinatarios imposibles. Abrí la ventana, pese al frío, para que entrara el aire, y cuando me recuperé (es un decir: nunca me he recobrado de aquella llamada), regresé a la mesa de trabajo. Intenté comprender a Luz Acaso. La imaginé escuchando los mensajes de su móvil, y atendiendo esporádicamente, de forma personal, algunas de las llamadas. El móvil permitía llevar a cabo multitud de juegos sin el riesgo de los teléfonos fijos, pues al no estar a nombre de nadie, no hay manera tampoco, si tú no quieres, de que lo relacionen contigo, y puedes desprenderte de él cuando te canses arrojándolo simplemente al cubo de la basura. Utilizado del modo en el que lo utilizaba Luz, el móvil devenía en un sexo artificial, en una prótesis.

Me pregunté si habría más gente que lo estuviera usando como ella. Llamé al periódico, hablé del asunto con un experto en sucesos, y me dijo que no tenía noticias de que se hubiera generalizado ese uso del móvil, aunque había oído hablar de gente, en cambio, que compraba uno de estos teléfonos de usar y tirar y no le daba jamás el número a nadie.

—¿Para qué los compran? —pregunté.

—Para recibir una llamada de Dios —me dijo—. Los llevan siempre encima por si algún ser de otra dimensión decide telefonearles. Te puedes imaginar que a veces, el teléfono suena porque alguien se equivoca, pero ellos interpretan esas equivocaciones como mensajes de otros mundos. Hay mucho loco suelto.

Yo, por mi parte, guardaba el mío en un cajón de la mesa de trabajo. De vez en cuando lo abría, escuchaba los mensajes y me masturbaba excitado por toda aquella brutalidad provocada por la incomunicación de los seres humanos. Comprendí que el móvil era indistintamente un falo o un clítoris, pero cuando me di cuenta de que estaba entrando en esas dimensiones infernales del sexo de las que hacía tiempo que había logrado escapar, arrojé el aparato a la basura y volví a mi sexualidad habitual, que era una sexualidad, por entendernos, escéptica, descreída, una sexualidad para ir tirando.

Entretanto, Fina y yo nos veíamos ya de un modo regular. Conseguí que me cogiera confianza, lo que no fue difícil, pues los dos nos encontrábamos bien juntos (y ella, para decirlo todo, se ganaba un dinero). A su lado, advertí que en los últimos años me había aislado de la realidad casi sin darme cuenta. El proceso debió de comenzar cuando me convertí en un reportero de lujo y me liberaron de la obligación de ir al periódico todos los días. Es cierto que desde entonces había escrito mis mejores reportajes, haciendo hablar a los demás de su vida o relatando lo que veía al otro lado de mi cabeza, pero yo no hablaba de mí mismo con nadie (ni siquiera con Nadie). Fina tuvo la habilidad de convertirse en una confidente perfecta: no hacía otra cosa que escuchar. Le hablé de mi ex mujer, de mi hija, le conté con detalle la época en la que creí que podría encontrar alguna verdad fundamental en el adulterio, le relaté la frustración de no haber tenido un hijo varón, quizá un discípulo, que se identificara conmigo, o con el que yo hubiera podido identificarme. Le conté mi vida, en fin, como hacen muchos borrachos con las putas, y a medida que se la contaba la ordenaba para mí mismo intentando encontrarle un sentido. Nos veíamos siempre en restaurantes, pues para ella resultaba tranquilizador que estuviéramos rodeados de gente. Después del primer encuentro, ya no volví a pensar que estuviera enferma, sino que era así. Incorporé su enfermedad a su constitución y dejó de producirme extrañeza, como cuando aceptas que el otro sea cojo, o impuntual, o tuerto.

Al mismo tiempo que yo veía a Fina sin que nadie conociera estos encuentros, Álvaro Abril me telefoneaba de forma regular para contarme sus conversaciones telefónicas con ella, con su madre. La culpa que me proporcionaba este doble juego era semejante a la que en otro tiempo me había proporcionado el adulterio, por lo que en el fondo creo que en aquel triángulo esperaba encontrar de nuevo una verdad fundamental. Me da un poco de vergüenza esta expresión, *verdad fundamental*, pero para qué vamos a engañarnos, creo que no he buscado otra cosa en la vida que una verdad fundamental. Lo que no había previsto, conscientemente al menos, es que Fina (o Luz Acaso) utilizara mis confidencias para tejer una trama, en la que Álvaro y yo quedaríamos enredados también como dos cordeles dentro de un bolsillo.

Un día, Álvaro me llamó por teléfono y me dijo que por fin le había preguntado a su madre por su padre.

—Le he preguntado quién es mi padre.

—¿Y qué te ha dicho?

—Al principio no quería ni oír hablar del asunto, aseguraba que era mejor que no supiera nada, pero poco a poco fue cediendo y por lo visto es un periodista, fíjate qué casualidad. Quizá hay en mi afición a escribir algo genético.

Me puse pálido y tragué una porción de saliva que cogió el camino equivocado, provocándome un acceso de tos que me impidió continuar hablando.

—Te llamo en unos minutos —dije— y colgué.

Vomité sobre la taza del retrete y al tirar de la cadena, mientras veía descender violentamente el agua en forma de torbellino, comprendí lo que había ocurrido: Fina (o Luz Acaso) había estado sonsacándome hábilmente cosas de mi propia vida que utilizaba con Álvaro para describirle un padre imaginario (aunque real, pues se trataba de mí) cuya imagen fuera gratificante para ambos. Ella no conocía la relación existente entre Álvaro y yo, no podía saber que al mentir abrochaba sin embargo una verdad. Fui a la cocina, bebí lentamente un vaso de agua y a cada sorbo fui haciéndome cargo de que estaba siendo víctima de una ficción que mi propio deseo había contribuido a levantar. Era todo mentira, de acuerdo, sí, pero empezaban a encajar tan bien los materiales de esa quimera, que tenía que repetirme continuamente es mentira, es mentira, porque a medida que pasaban los minutos era más verdad. Yo siempre había trabajado con materiales reales y sabía de qué manera manipularlos para alcanzar el significado o la dirección que convenía a mis intereses. Mi experiencia con la ficción, en cambio, se reducía a aquel cuento, *Nadie*, en el que incluí por otra parte tantos elementos autobiográficos que en cierto modo era también un reportaje disimulado. No sabía, en fin, de qué manera se defiende uno de lo irreal.

Cuando me calmé, llamé a Álvaro.

—Perdona, chico, pero me ha dado un ataque de tos.

—No te preocupes. Te decía que Luz, mi madre, me ha hablado de mi padre. Dice que es un periodista con el que se acostó hace veinticinco años cuando ella comenzó a prostituirse y él estaba haciendo un reportaje sobre las putas que se anunciaban en la prensa.

Dios mío, yo mismo le había contado a Fina que había hecho ese reportaje y que quería hacer ahora otro para ver las diferencias entre una época y otra. El reportaje antiguo se había publicado, de manera que si Álvaro quería saber quién era «su padre», no tenía más que revisar las hemerotecas. Y yo no podría decirle es mentira, Álvaro, es mentira, porque eso habría significado confesar que me veía con Fina. Por otro lado, Álvaro no necesitaba consultar ninguna hemeroteca. Sabía que su padre era yo e iba cercándome para que al menos entre los dos quedara establecido de manera implícita ese conocimiento.

—Por lo visto —añadió—, mi padre ni siquiera sabe que aquella puta con la que se acostó se había quedado embarazada. Ella no quiso decírselo para no complicarle la vida y porque quería tener el hijo sola. Pero luego, cuando nació, las cosas se pusieron difíciles y tuvo que darlo en adopción.

—¿Todavía continúas empeñado en eso? —le reproché.

—¿Tú qué crees? — preguntó él con cierta dureza.

Un día, después de que hubiéramos comido de nuevo en el restaurante de Príncipe de Vergara donde nos encontramos por primera vez, Fina propuso que tomáramos el café en su casa. Vivía en María Moliner, muy cerca de allí, y quería que conociera a esa amiga suya que escribía un libro sobre el lumbago, o sobre el l'um bago, para que le contara mi experiencia, pero también, añadió, para que la orientara un poco, pues se trataba de una chica muy joven y dudaba si hacerlo en forma de reportaje o de novela.

María José nos esperaba impaciente, con un parche de cuero negro en el ojo. Dijo, con un punto de resentimiento, que se le había enfriado el café dos veces, y cuando nos lo sirvió sabía, en efecto, a recocido. Se movía de forma extraña, procurando utilizar lo menos posible el costado derecho. Fina me explicó en un aparte que no era tuerta ni coja ni nada parecido, sino que tenía inmovilizado todo ese lado para descubrir las posibilidades del izquierdo, pues pretendía escribir un libro zurdo. Me pareció que la casa olía a comida y a medicinas. El ambiente, en cualquier caso, estaba un poco enrarecido por una estufa de butano con ruedas colocada cerca del sofá.

—Pues éste es el periodista que tiene lumbago —dijo Fina señalándome, después de que yo hubiera abandonado el abrigo sobre una silla y tomáramos asiento.

—Cuando quieras — añadió María José cogiendo de la mesa un cuaderno de notas alargado.

—Bueno, a mí el lumbago sólo me molesta a temporadas —dije algo cohibido por la situación y por la rapidez con la que sucedía todo—, y no sé muy bien de qué depende, quizá de los cambios de estación. En otoño lo noto más, pero el médico asegura que el otoño no tiene nada que ver, que el problema es que paso muchas horas sentado en malas posturas.

—¿Te sientas peor en el otoño que en el resto de las estaciones? —preguntó con expresión sagaz.

—Es lo que yo pienso —dije—, que si me siento siempre igual, me tendría que doler lo mismo en primavera, o en invierno. Mi médico lo cura todo caminando. «Ande usted», me dice, pero la verdad es que he hecho de todo: paseos, acupuntura, masajes... sin ningún resultado. Ahora me acabo de comprar una silla alemana que dicen que es muy buena y creo que me alivia un poco, aunque me debería aliviar más para el precio que tiene.

María José tomaba notas torpemente con la mano izquierda. Daban ganas de arrancarle el cuaderno y escribir por ella, pero Fina la miraba con admiración y respeto, como a esa hija que ha logrado estudiar la carrera en la que han fracasado todos los hombres de la familia.

—¿En qué piensas cuando oyes la expresión región lumbar? —preguntó.

—¿Cómo que en qué pienso?

—Sí, ¿qué te pasa por la cabeza?

—Pues no sé, esta zona del cuerpo.

—¿Y nunca te has imaginado la región lumbar como un territorio mítico, a la manera del Macondo de García Márquez o del Yonapatawpha de Faulkner?

—Pues no, francamente.

—Imagínate este principio para un relato: «Cuando los enviados del dolor atravesaban la región lumbar, se desató una tormenta eléctrica en la cresta ilíaca».

Miré con perplejidad a Fina, que compuso la expresión de fíjate lo lista que es, y yo mismo empecé a considerar la posibilidad de que se tratara de un genio.

—La verdad es que suena bien —dije al fin, entregado a la lógica literaria de aquellas dos mujeres.

—Ya lo sabía yo que sonaba bien. El problema es que no estoy segura de si debo escribir sobre el lumbago o sobre el l'um bago, que en rumano creo que quiere decir el ojo vago. Hay que hacer caso de la dirección que toman las palabras. Yo creo que escribir consiste en averiguar lo que quieren decir las palabras más que en lo que quieres decir tú.

Fina bostezó, como si la conversación se hubiera vuelto de repente demasiado técnica, y dijo que iba a descansar un rato, pero que yo me podía quedar todo el tiempo que quisiera. Abrió la puerta de la derecha y desapareció en lo que supuse que era su dormitorio. Cuando nos quedamos solos, María José dijo:

—Si no te importa, voy a quitarme el parche un rato, para descansar.

Se quitó el parche negro y sufrí una erección desproporcionada. Creo que la vi entonces por primera vez, como si hasta entonces hubiéramos permanecido en una penumbra que su ojo derecho, al levantar el párpado, hubiera iluminado. Se hizo la luz, en fin, de un modo espectacular, y tras la luz, de forma sucesiva, fue apareciendo ante mí el resto de la creación: su cuello, sus hombros, sus pechos, sus caderas... Llevaba una camiseta blanca muy ceñida y unos pantalones vaqueros, pero estaba descalza, pese a que la temperatura no invitaba a ello. El pelo, corto y desigual, dejaba adivinar la forma perfecta del cráneo.

—Tengo un tatuaje —dijo.

—¿Dónde?

—En la región lumbar —añadió volviéndose de espaldas y subiéndose la camiseta.

En efecto, se había hecho dibujar sobre la piel, a todo color, un pequeño paisaje vacío, sin otra línea que la del horizonte. En su sencillez, era sobrecogedor.

—¿Te gusta? —preguntó.

—Mucho —dije.

—Justo por aquí —añadió pasando una uña mordida cerca de la línea del horizonte— está situada la cresta ilíaca.

—Pero no se ve —añadí, como esperando que me enseñara más.

—No se ve porque está al otro lado. Es una sierra misteriosa por la que cabalgan los enviados del dolor.

Me pidió que le enseñara mi región lumbar y le dije que no, que me daba vergüenza, pero había caído en el delirio de que me estaba pidiendo otra cosa, e intenté atraerla hacia mí, para darle un abrazo. Ella me separó sin violencia y dijo:

—En otras circunstancias no me habría importado, pero me estoy reservando para Álvaro Abril.

—Álvaro Abril, ¿el escritor?

—Sí, ¿lo conoces?

—Un poco.

—Es un genio y, aunque él todavía no lo sabe, me está destinado.

Nunca había oído a nadie pronunciar disparates con aquella firmeza. Me volví partidario del disparate, aunque no me sirvió de nada, pues ella continuaba decidida a consagrarse a Álvaro.

—Estoy colonizando mi lado izquierdo —dijo—, porque mi lado izquierdo es el camino que conduce a él.

—Yo daría la vida por ser tu lado izquierdo —dije.

Ella sonrió y se recostó en el sofá, con expresión nostálgica y lejana. La erección comenzó a ceder y de sus cenizas brotó de nuevo mi instinto periodístico. Le pregunté qué relación tenía con Fina y sin gran esfuerzo comencé a conocer la historia de Luz Acaso desde un lado diferente al de Álvaro. Supe cómo había llegado a Talleres Literarios encontrándose con un huérfano vocacional que podría haber sido su hijo. Supe también de qué modo casual María José había entrado en relación con Luz y me enteré de los pormenores de su convivencia, como que vivían en Praga y que dormían juntas.

—¿Conoces Praga? —preguntó.

—Estuve una vez —dije.

—¿Y no te parece que este piso está allí?

Me pareció que sí y se lo dije. También estuve de acuerdo en que era buen título para una novela.

—Dos mujeres en Praga, suena bien.

—Te lo regalo —dijo ella.

—No escribo novelas, pero si algún día me decido, te tomaré la palabra.

—¿Por qué no escribes novelas?

—Porque prefiero trabajar sobre datos de la realidad.

—Qué obsesión con los datos. Luz piensa que la historia del lumbago debería ser una novela, mientras que la del l'um bago debería ser un reportaje.

—¿Quién piensa eso?

—Luz —repitió haciendo con la cabeza una señal en dirección al dormitorio.

—Creí que se llamaba Fina —dije.

—Fina, Luz, qué más da. No pretenderás que ponga en el periódico su verdadero nombre.

Dejé pasar unos segundos y añadí:

—Yo creo que no es una verdadera puta.

—¿Por qué dices eso?

—Las conozco y no da el tipo.

—¿Y qué más da si lo es o no?

Comprendí que tampoco María José me ayudaría a trazar la frontera entre las fantasías de Luz (o Fina), y la realidad, pero por primera vez en mi vida disfruté de aquel estado de indefinición. Las tardes de invierno en Praga son cortas, y la luz, en efecto, se iba por la estrecha calle a la que daban las ventanas como un chorro de agua por un canal. María José podía ser enormemente minuciosa en la descripción de los hechos, y disfrutaba con ello. Me hizo un dibujo concienzudo de su vida cotidiana con Luz (había dejado de ser Fina definitivamente). Supe en qué lado de la cama dormía cada una y quién aliñaba las ensaladas o preparaba el desayuno. Supe que existía también la posibilidad de que fuera una funcionaria deprimida. Supe que podía ser viuda o no, y que podía haber tenido un hijo de adolescente o no. María José era indiscreta por ingenua, pero no era infiel. Habría dado la vida por Luz, aunque su temperamento narrativo la empujaba a contar sin pausa. Le dije eso mismo, que tenía un temperamento narrativo, pero me respondió que todo el mundo tiene un temperamento narrativo de derechas.

—Sin embargo —añadió—, no sabría cómo contarte todo esto desde el lado izquierdo, y desde el lado izquierdo te garantizo que sería distinto.

—¿En qué sentido distinto?

—No lo sé. Si lo supiera, no tendría necesidad de probarlo. Es como si el lado izquierdo estuviera no exactamente vacío, sino lleno de fantasmas a los que no se ha dado la ocasión de expresarse. Yo quiero darles y darme esa oportunidad, de modo que si me lo permites voy a ponerme de nuevo el parche, para continuar practicando.

Entonces pregunté qué había en la habitación de la izquierda.

—No lo sé —dijo—. Nunca lo he preguntado. Está cerrada con llave desde el día en que llegué.

Una vez que se colocó el parche y sometió su lado derecho a la inmovilidad anterior, se apagó su belleza. Se lo dije, le dije que cuando había abierto el párpado derecho se iluminó toda y que al cerrarlo se había oscurecido, y me respondió que me imaginara cómo sería el izquierdo cuando diera con el interruptor de la luz de ese lado.

—Pero vamos a trabajar —añadió tomando el cuaderno—. Has venido aquí a hablar del lumbago.

Miré el reloj y dije que continuaríamos otro día. Me levanté, cogí el abrigo para irme y cuando estaba despidiéndome me dio un papel.

—Lee esto despacio y dime qué te parece como principio para una novela.

Cuando llegué a la calle, bajo un farol, leí el texto. Decía así: «Yo tenía un acuario en el salón. En ese acuario, en vez de peces de colores, había dos langostas con las pinzas sujetas con gomas elásticas, para que no se hirieran. Mi padre alimentaba durante todo el año aquellas dos langostas que nos comíamos en Navidad. Dios mío, era como comerse a dos hermanas gemelas».

Entonces, incomprensiblemente, me eché a llorar convencido de que me había echado a reír.

Cuando abrí el correo electrónico, tenía un mensaje de Álvaro Abril. Llevaba varios días sin llamarme, ni yo a él, y comprendí que prefería no hablar conmigo. El mensaje decía así: «Bastaría, para descubrir la identidad de mi padre, revisar la hemeroteca y ver quién, nueve meses antes de que yo naciera, publicó en algún periódico de la época un reportaje sobre la prostitución. He decidido no hacerlo por ahora. Sigo hablando regularmente con mi madre. Ninguno de los dos ha propuesto que nos veamos. Sólo puedo relacionarme con esa dimensión llamada madre por teléfono. Por teléfono y por carta: te adjunto la *carta a la madre* que he conseguido rematar finalmente estos días. A mi editor no le ha gustado y ha decidido no publicarla. De momento, afortunadamente, no me ha pedido que le devuelva el anticipo.

¿Podrías hacer alguna gestión para que se publicara como un cuento en tu periódico? Gracias anticipadas. Por cierto, me ha vuelto a llamar la ex monja, pero no ha aportado nada nuevo, sólo quería asegurarse de que la información no me había hecho daño».

En ese mismo instante adiviné que la ex monja no era otra que María José. Inmediatamente, abrí el documento adjunto, para leer la *carta a la madre*, y tropecé con el siguiente relato:

EL CUERPO DEL DELITO
Álvaro Abril

Querida madre: te escribo esta carta por dinero. La editorial me ha pagado un anticipo en metálico. Fue la única condición que puse cuando me hicieron la propuesta: que me pagaran en metálico. Mi editor estaba sentado al otro lado de la mesa, con el respaldo de la silla echado hacia atrás, poniendo entre él y yo una distancia jerárquica. Siempre habla así con los escritores de los que la editorial podría prescindir, aunque se humilla como un perro con los autores estrella. Yo no soy una de sus estrellas, todavía no, de modo que cuando entro en su despacho se echa hacia atrás y me observa desde la lejanía como a una borrasca que avanzara hacia él desde la línea del horizonte. El año pasado publicó un volumen de cartas de escritoras a sus padres que funcionó muy bien. Ahora quiere repetir el experimento con un libro en el que un grupo de autores escribamos una carta a nuestra madre. Le dije que aceptaba el encargo a cambio de que me pagara el anticipo en metálico.

—Ya no se paga así —respondió.

—Ya no se escriben cartas —dije yo—. Además mi madre está muerta.

—¿Qué tiene que ver que esté muerta?

—Es más comprometido.

Se echó a reír para contrarrestar la gravedad de mi respuesta y luego dijo que no entendiera el encargo de una forma tan literal.

—Puedes escribir a una madre imaginaria y viva. Lo que importa es que el texto tenga forma de carta.

—Está bien, lo haré si me pagas en metálico.

Al principio dijo que no, pero cuando advirtió que no entraría en el proyecto de otro modo, abandonó el despacho para hablar con alguien y me dejó solo durante quince o veinte minutos durante los que yo mismo me pregunté el porqué de esa exigencia absurda. Las paredes del despacho estaban decoradas con fotografías de los autores de la editorial. Busqué inútilmente una en la que apareciera yo, aunque fuera en segundo plano, y al final tuve que aceptar que soy un escritor insignificante

para este cerdo. Entonces me subió hasta las
sienes una oleada de rencor y fui presa de uno
de mis ataques de odio. Nunca te he hablado de
estos ataques que sufro desde pequeño, madre, pero son terribles. Me asaltan en cualquier
momento, frente a situaciones que, aunque ad-
versas, cualquier otro ser humano superaría
sin dificultad. Se deben al convencimiento de
que el mundo tiene conmigo una deuda que se
hace más grande cuanto mayor me hago. Cuando pienso que quizá me muera sin que se haya
saldado, el rencor me corta la respiración y
acelera el pulso de mis sienes con unos latidos
enloquecedores. No me preguntes cuándo con-
traje el mundo esa deuda conmigo, ni en qué
circunstancias, porque no sabría decírtelo, pero
siempre supe que me debíais algo y creo que
tú tampoco lo ignorabas. De hecho, fuiste la
única que intentaste pagarme a tu manera.

Me dio un ataque de odio tan fuerte como
los que padecía en la infancia contra mis profesores o mi padre. Mi padre era ahora el editor
y me estaba regateando el éxito, la gloria, al no
hacerme un hueco en aquella galería fotográ-
fica. Quizá sea un escritor minoritario, pero
soy un escritor sólido y él lo sabe. Estoy tradu-
cido a siete lenguas y se han hecho tesis sobre
mi obra en Estados Unidos, Alemania y Francia. Le pago en prestigio el dinero que deja de
ganar con mis libros. ¿Qué le costaría colocar

una fotografía mía en su despacho, aunque volviera a descolgarla cuando saliera por la puerta?

Un día, tendría yo nueve o diez años, comimos en un restaurante con otro matrimonio amigo vuestro. Lo recuerdo muy bien porque no era normal que yo estuviera allí: quizá no habíais encontrado con quién dejarme. El caso es que durante la comida, y debido seguramente a mi presencia, empezasteis a hablar de los hijos, y en un momento dado el hombre del matrimonio amigo sacó la billetera y mostró la foto de un hijo suyo que tenía mi edad. Me impresionó que llevara a su hijo en la cartera y lo mostrara con aquel orgullo. De vuelta a casa, registré a escondidas la cartera de papá y no encontré mi foto dentro de ella. Fue una de las primeras veces que noté el latido en las sienes y la falta de aire en los pulmones. Combatí el ataque de odio en mi cuarto, debajo de la cama, alimentando la fantasía de que me haría famoso por algún medio y que papá llevaría ya siempre mi foto para enseñársela a todo el mundo con orgullo.

Ahora, tantos años después, levantaba una fantasía semejante en el despacho de mi editor. Imaginaba que mi próximo libro era un éxito mundial y que él se arrastraba para que no le abandonara. Imaginaba eso y también que todas las paredes de la editorial, desde la entrada hasta el cuarto de las fotocopias, estaban forradas con fotografías en las que sólo aparecería yo recibiendo premios o impartiendo conferencias. Puede parecerte una fantasía loca, madre, pero ni aun así me pagaría el mundo el uno por ciento de lo que me debe. Dios mío, si lo pienso, todo en la vida lo he hecho por miedo: fui un buen estudiante por miedo a que tú no me quisieras. Fui obediente por miedo a que papá no estuviera orgulloso de mí. Soy un buen escritor por miedo a decepcionar a mis críticos, para quienes escribo siempre la misma obra que ellos halagan del mismo modo mecánico. Y soy un ciudadano ejemplar por miedo a ir a la cárcel o a que no se reconozca la deuda que el mundo contrajo conmigo en algún tiempo remoto. Seguramente, acepté el encargo de escribirte esta carta también por miedo a parecer un autor difícil. La condición de que me pagaran en metálico era casi una broma, una excentricidad si quieres. Los editores aceptan nuestras excentricidades porque a cambio de ellas van quedándose con pedazos de nuestra alma. Si el diablo tuviera que manifestarse hoy en forma humana, lo haría en forma de editor.

Y bien, el caso es que con estos pensamientos remitió el ataque de odio y el pulso de las sienes recuperó su ritmo habitual. Entonces me pregunté qué clase de carta escribiría y a cuál de todas mis madres: ¿a la imaginaria?, ¿a la real?, ¿a la soñada?, ¿a la muerta?, ¿a la viva?

En esto, se abrió la puerta del despacho y entró el editor diciendo que había hablado con el director financiero y que estaban intentando arreglar lo del pago en metálico. Mientras lo arreglaban o no, hablamos un rato de mi próxima novela. No tengo próxima novela, pero le dije con una afectación retórica que estaba trabajando en una obra maestra, lo que pareció inquietarle un poco, porque colocó el respaldo de la silla en la posición vertical, como cuando despegamos y aterrizamos, que son los momentos más delicados del vuelo, y preguntó para cuándo la tendría lista.

—Aún no lo sé —respondí.

—Sería fantástico que la tuvieras para la primavera —dijo.

Por lo visto, le había fallado uno de sus autores estrella y andaba escaso de novedades para esa época en la que las editoriales hacen sus mayores apuestas.

—Ya veremos, pero tienes que colocar alguna foto mía en las paredes —añadí con tono irónico, como si se tratara de una broma, aunque él notó en seguida que se trataba de una broma seria.

—La colocaré —dijo—, pero fíjate que sólo tengo colocados a los que más detesto. El problema es que los que más detesto son también los que más venden.

A continuación me contó algunas de las miserias de aquellos autores, a cuyos pies se habría arrojado si en ese instante hubiera entrado uno de ellos por la puerta. En ese mismo instante decidí que ya no quería el afecto de mi editor, sino su respeto, su miedo: había comprendido que un editor sólo respeta a aquellos autores de los que habla mal.

Al poco, recibió una llamada telefónica y en seguida entró la secretaria con un sobre lleno de billetes que conté sonriendo delante de él. Sabía que estaba preguntándose qué pasaba por mi cabeza, pero por mi cabeza, la verdad, no pasaba nada, excepto la satisfacción de que hubieran aceptado aquel capricho de pagarme en metálico. Luego, traje el sobre a casa con el mismo respeto que si en él estuvieran encerradas, más que mi anticipo, tus cenizas, madre. No me preguntes el porqué de esta asociación entre el dinero y tus cenizas, porque no tengo ni idea. Quizá he empezado a escribir esta *carta a la madre* para averiguarlo.

Cuando llegué a casa, guardé el sobre en el cajón superior de la mesa de trabajo, que se transformó así en un columbario, y cada día, antes de ponerme a trabajar, esparcía sobre el escritorio los billetes, como si distribuyera tus restos, y me quedaba contemplándote, contemplando el dinero, a la espera de que tú misma me dictaras la carta que te tenía que escribir, pues yo no sabía qué decirte, aún no lo sé. Ni siquiera sabía si debía escribírtela a ti o a una madre imaginaria, ni si escribirla desde mí o desde un narrador imaginario. Tampoco lo sé. El caso es que con estas dudas, que quizá no eran más que una coartada para no escribir, se cumplió el plazo acordado para la entrega de la carta sin que ni siquiera la hubiera comenzado, de modo que llamé al editor y me disculpé.

—No puedo hacerlo, no me sale —dije, asegurándole que al día siguiente le haría una transferencia para devolverle el anticipo.

—Nada de transferencias —respondió de mal humor—. Te empeñaste en que te pagara en metálico y yo te pagué en metálico, así que devuélveme el dinero del mismo modo.

Discutí todavía un poco con él y al fin dijo que me había pagado con dinero negro. Me quedé espantado. Tengo un miedo casi religioso a todo lo que se relaciona con el fisco, de modo que por un momento creí que acabaría en la cárcel. Le grité que no tenía derecho a hacer eso conmigo y respondió que cuando alguien solicita un anticipo en metálico está pidiendo que le paguen con dinero negro, para no declararlo.

—Ése es el código —añadió—. Y me costó mucho conseguirlo, ya casi no hay dinero negro en circulación, en nuestro sector al menos.

Colgué el teléfono lleno de remordimientos, saqué los billetes del sobre (de la urna más bien) y los extendí de nuevo sobre la mesa. Aquel dinero no sólo era tu cuerpo, madre, sino que era de repente también el cuerpo del delito. Era un cuerpo ilegal. Nadie debía saber que se encontraba en mi poder. Ese día cerré el cajón con llave. Esa noche no dormí. A la mañana siguiente saqué del banco una cantidad idéntica y fui a devolvérsela al editor, que miró los billetes de uno en uno al tiempo que consultaba una lista que le había pasado la secretaria.

—Éstos no son los billetes que yo te di —dijo al fin—. Tienen otra numeración.

—¿Y qué más da eso? —pregunté un poco angustiado. Tenía la impresión de haberme metido sin querer en un asunto demasiado turbio para mi resistencia moral.

—El dinero negro tiene sus normas —dijo—. Si no quieres escribir la carta, no la escribas, pero devuélveme los billetes que te di a cambio. Éstos no me sirven.

—Me los he gastado —argumenté.

—Mala suerte, chico —dijo él—. Tendrás que ir tras ellos, o escribir la carta a tu madre. Tú verás.

—Sé que esto es una broma —le dije con un nudo en la garganta—. Pero empieza a ser una broma de mal gusto.

—No es ninguna broma. Si quieres, le digo al director financiero que te lo explique él mismo.

Entonces hizo el gesto de levantar el teléfono, pero le frené espantado. No quería complicar más las cosas y tengo más miedo a los directores financieros que a la policía.

—Está bien —respondí intentando ocultar mi angustia—, mañana mismo tendrás tus billetes.

Abandoné la editorial con la determinación de devolvérselos, pero cuando llegué a casa y los toqué a través del sobre comprendí que no sería capaz de continuar traficando con tu cuerpo, y ello pese a la sospecha de que el editor me había mentido para forzarme a escribir esta carta, madre.

Dejé que pasaran unos días y el editor no llamó. Tampoco esperaba que lo hiciera inmediatamente, desde luego. Él sabía que la deuda continuaba en pie y conocía de sobra la debilidad de mi carácter. Ya no me atrevía a abrir el cajón en el que reposaba el dinero negro, el dinero clandestino, aquel dinero poseído de manera ilícita, del mismo modo que de niño te había poseído ilegalmente en mis fantasías sexuales. ¿Lo sabías? ¿Sabías que durante mucho tiempo deliraba contigo? Quizá sí. ¿Recuerdas que en el cuarto de baño de casa había un cesto de mimbre para la ropa sucia? Muchas veces, cuando adivinaba que ibas a darte una ducha, yo me ocultaba dentro de ese canasto y te veía por entre los vacíos del tejido de mimbre. Aún podría reproducir cada uno de los gestos con los que te enjabonabas el cuerpo, pues te tengo en fotos y en película archivada dentro de mi cabeza. Recuerdo, por cierto, la sorpresa, y el susto, que me di al descubrirte los pezones, pues durante mucho tiempo pensé que los pechos de las mujeres eran lisos. El descubrimiento del pezón fue como el de una enfermedad adictiva, pues si bien al principio lo detesté, luego ya no podía vivir sin él. Tampoco tú tenías unos pezones normales, madre, pues carecían prácticamente de areola y surgían del seno casi sin transición, como si no estuvieran incluidos en el diseño original y alguien te los hubiera incrustado de forma algo cruel. Los he buscado luego en mil mujeres distintas sin hallarlos en ninguna. Hace tiempo, me relacioné con una estudiante de medicina a la que se los dibujé y me dijo que era imposible, que esos pezones sólo existían en mi imaginación, pero creo que me mentía para que dejara de buscar, pues quizá esa particularidad anatómica (¿anatómica?) era lo único que nos separaba. Nunca he dejado de preguntarme dónde termina la anatomía y comienzan las emociones. De hecho, no sé si desde aquel cesto de mimbre estudiaba emociones o anatomía, pues lo cierto es que procuraba controlarme para que la excitación no me impidiera tomar notas de todos tus rasgos para reproducirlos después imaginariamente en la soledad de mi habitación. Nunca lo logré. Era capaz de reconstruirte por partes, pero luego, cuando intentaba verte entera, las partes perdían su contorno, se diluían en el conjunto, como si hubiera entre el todo y las partes un conflicto que aún no he logrado resolver.

Allí estaba yo, observando tus volúmenes desnudos, cubierto por la ropa sucia de la casa, por tus camisones, tus blusas, por tu ropa interior, aunque también por la de mi padre, que inexplicablemente convivía con la tuya. Mi memoria olfativa me devuelve siempre que se lo pido el olor de aquellas prendas que también he buscado en la ropa de otras mujeres, con poco éxito para decirlo todo.

Has de saber, madre, que con frecuencia contrato a prostitutas que vienen a mi casa y a las que pido que se duchen delante de mí mientras yo huelo su ropa. Y cuando se agachan para enjabonarse los tobillos, entregando sus pechos a la fuerza de la gravedad, yo voy buscando un instante, uno solo, que reproduzca uno de aquellos que viví entonces. Recuerdo que a veces observabas desde la bañera, significativamente, el cesto de la ropa, como si me buscaras por entre las ranuras del mimbre. Quizá no ignorabas mi presencia, aunque me dejabas hacer porque conocías la deuda que el mundo tenía conmigo y pensabas que ése era un modo de empezar a pagarla. De hecho, recuerdo tu mirada de complicidad cuando entraba en tu habitación sin llamar para sorprenderte a medio vestir, o tu tono de voz cuando me pedías que te abrochara un vestido a cuyos botones no llegaban tus manos. Mi pasión hacía un recorrido de ida y vuelta, pues tú me devolvías parte de ella siempre en forma de detalles ambiguos que podían interpretarse de un modo o de otro. Te he dicho que pagabas la deuda de la que yo me sentía acreedor, pero también me pregunto si no contribuiste a hacerla más grande, pues una vez que salí a la vida comprendí que ninguna otra mujer me daría tanto como tú. Me habría ido con cualquiera que me hubiera garantizado la mitad. Hay personas que tienen esta capacidad de aumentar la deuda al tiempo de saldarla. Me ocurrió no hace mucho con un amigo que me prestó dinero para hacer frente a unos pagos. Cuando se lo devolví, lo aceptó de tal modo que tuve la impresión de que le debía más. El problema es que ahora se trataba de una deuda moral, es decir, de las que no hay manera de saldar.

He repasado lo escrito hasta aquí y me sorprende que el dinero aparece asociado a veces a tu cuerpo, pero también al amor (no he conocido otro que el de las prostitutas), a las cenizas, a la escritura y ahora a la amistad. El dinero tiene esa virtud proteica de convertirse en lo que quieres o en lo que detestas. Empiezo a adivinar el porqué de ese empeño en que me pagaran en metálico el anticipo de esta carta que, contra todo pronóstico, empieza a salir adelante, madre.

Y bien, el resultado de aquel intercambio de satisfacciones entre tu cuerpo y el mío fue que deseé ser adoptado más que ninguna otra cosa en el mundo, pues si era adoptado podía disfrutar sin culpa de aquellas experiencias delictivas. Uno encuentra lo que busca y yo encontré multitud de señales en esa dirección. Durante un tiempo, hurgué en todos los armarios de la casa, en todos los cajones, en todos los archivadores. Me sorprendió ver que la vida estaba hecha en gran parte de documentos que iban desde la cédula de habitabilidad de la casa hasta sus escrituras, pasando por los recibos de la luz, del gas, del colegio, por los certificados de nacimiento, de defunción, por los títulos académicos y por las fotografías que reposaban, dentro de cajas de zapatos, en la zona más oscura de los armarios. No hallé, madre, ningún documento en el que se dijera que yo era adoptado, pero tampoco fui capaz de reconocerme en las fotografías de los parientes lejanos o próximos que examiné con lupa durante aquellos días.

Además de eso, si era adoptado, de repente adquiría un sentido la indiferencia de papá hacia mí. Lo he llamado indiferencia, pero a veces era más que eso, pues estoy seguro de que muchas veces me vio como un rival. Comencé a espiarte, a escuchar tus conversaciones, y me pareció que en muchas de ellas, de manera velada, aludías a las condiciones en que me habías adoptado y mostrabas alguna forma de arrepentimiento. Un día, estabas hablando con alguien, con la abuela, me parece, y te oí decir:

—Estoy arrepentida. Ahora no volvería a hacerlo.

Cuando te diste cuenta de que yo estaba delante, me diste la espalda avergonzada y bajaste la voz. ¿De qué estabas arrepentida? Yo nunca lo estuve de ser tu hijo adoptivo, aunque quizá habría querido ser algo más que eso. ¿Cómo no voy a tener la sensación de que el mundo me debe algo? Me debe unos padres verdaderos y una mujer con la que pueda relacionarme sin buscarte en ella. Lo he hecho todo por miedo a no perderte cuando la realidad es que jamás te tuve.

Ahora te tenía dentro del cajón de mi mesa: habías adquirido la forma de unos billetes que el editor me había entregado para que te escribiera esta carta. Ya no me atrevía a abrir el cajón, el ataúd más bien, pero cada día, cuando me ponía a escribir, o a fingir que escribía, sentía a través de la madera los latidos de tu cuerpo encerrado en aquel sobre que nunca debí haber aceptado, y no era capaz de juntar dos frases seguidas, dos frases, madre, cuando yo vivía de las frases, pagaba con las frases el alquiler de la casa, el aceite, la sal, las putas, el pan de cada día. No podía pasar mucho tiempo sin producir frases, en fin, porque las frases eran también el tejido con el que tapaba la ausencia de tu cuerpo y la del mío a veces, pues hay días en los que no me siento y en los que casi no me veo en el espejo. Los libros justifican mi existencia del mismo modo que a mí me habría gustado ser la justificación de la tuya. Todo es escritura, como verás.

Entretanto, sucedió algo con tus cenizas verdaderas. Cuando te incineramos, como sabes, no estaba permitido que los deudos se llevaran las cenizas a casa, por lo que tampoco fue posible cumplir tu deseo de arrojarlas al mar, de modo que adquirí en el cementerio un columbario donde desde entonces reposaba la urna con tus restos. Pues bien, durante estos días incineraron a un escritor, a cuya ceremonia tuve que acudir por compromiso, observando con sorpresa que tras la cremación los hijos recibieron una vasija con las cenizas. Al llegar a casa telefoneé al cementerio y me dijeron que, en efecto, la legislación había cambiado y que desde hacía algún tiempo los familiares de la persona fallecida podían disponer de los restos de la combustión, si ése era su deseo. Expliqué mi caso, para ver si era posible recuperar tus cenizas, y me dijeron que sí, pero había que pasar por una serie de penalidades burocráticas que me desanimaron. Colgué el teléfono sin tomar nota siquiera de las diligencias, pues al no estar dotado para los trámites me espantó la idea de rellenar instancias o recorrer ventanillas.

Pero ahora, cada vez que me sentaba a la mesa para fingir que escribía, el cuerpo del delito, escondido bajo llave en el cajón, me hacía recordar tus cenizas, guardadas en aquel frío columbario del cementerio, y la culpa se multiplicaba por dos. En apariencia eran culpas distintas, una de orden moral y otra económico, pero lograban trenzarse entre sí de tal manera que acabé por no distinguir dónde comenzaba la una y acababa la otra. El editor continuaba sin llamar, aunque su silencio tampoco era nada tranquilizador. Hay gente que sabe utilizar el silencio como una amenaza. De todos modos, siempre empezaba a leer el periódico por las páginas de cultura con la esperanza de ver anunciada la aparición del libro de *Cartas a la madre,* pues ello significaría que había renunciado a la mía (y quizá a recuperar el anticipo).

Una mañana, harto de consumirme frente a la cuartilla, cuyos bordes, de forma inconsciente, había ido coloreando de negro con el bolígrafo hasta dejarla convertida en una especie de esquela, salí a la calle, tomé un taxi y me dirigí al cementerio. Era un día muy frío, de enero, pero muy soleado también. En las esquinas se observaban restos de la helada nocturna y la hierba de los parques permanecía cubierta por una delgada mortaja de hielo que empezaba a derretirse cuando entré en las instalaciones del camposanto. Fui directamente a la zona del horno crematorio, donde en esos momentos se llevaba a cabo una incineración en un ambiente de enorme «friolencia», si pudiera decirse de este modo, que supongo que no, y desde allí me dirigí al edificio de los columbarios.

Se trataba de una especie de nave, o de nevera industrial, pues una vez dentro la temperatura bajaba tantos grados que el frío te envolvía de inmediato como una llama inversa. Los columbarios estaban dispuestos a lo largo de las altas paredes de tal modo que el recinto evocaba un almacén. Por un momento imaginé que en el interior de cada nicho hubiera un par de zapatos en vez de un conjunto de cenizas. Zapatos de hombre, de mujer, de tacón alto, de invierno, de verano, quizá alguna bota también, alguna zapatilla... Había visitado unos meses antes una fábrica de calzado, para documentarme sobre un trabajo en curso, y encontré ciertas semejanzas entre aquel lugar y éste.

Me costó un poco dar con tu nicho, madre, pues no había vuelto desde la incineración, hacía ya cinco o seis años, quizá siete. Ni siquiera había comprobado que hubieran puesto la pequeña lápida que encargué a un marmolista de la zona. Pero allí estaba, con tu nombre y las dos fechas que marcaban los dos extremos de tu vida. No había nadie en el interior de la nave. Sólo yo, abrasándome en medio de aquel frío. Me subí las solapas de la chaqueta, pues no tengo abrigo, nunca lo tuve, madre, pese a la importancia social que tú le dabas a esa prenda, y entonces me sentí un poco desamparado, un poco huérfano, por lo que expulsé tres o cuatro lágrimas que bajaron heladas hasta la barbilla, desde donde se precipitaron al vacío.

Pese a todo, no había perdido por completo la capacidad para establecer conjeturas y entonces me di cuenta de que bastaría con dar un golpe a la lápida para romperla y recuperar tus cenizas sin necesidad de llevar a cabo ningún trámite burocrático. No había piedras alrededor, pero encontré una paleta de albañil cuyo mango, que tenía un núcleo de hierro, me pareció que bastaría. Di un golpe excesivamente tímido, otro un poco más resuelto, pero también insuficiente, y al tercero, al fin, se quebró la losa, que era delgada y fría como la capa de hielo sobre un estanque. Arranqué con las manos los restos, que cayeron al suelo con un estrépito excesivo, o eso me pareció, y tropecé con el tabique de rasilla que el día de la incineración, ahora lo recordaba, había colocado un obrero para proteger la urna. No fue difícil echarlo abajo, pero me dañé con la precipitación un dedo, el más pequeño de la mano derecha, en el que me ha quedado un dolor recurrente, un estribillo, de este modo lo llamo, pues vuelve con la misma periodicidad que un ritornelo en un poema. Y así como de algunas canciones decimos a veces que sólo nos sabemos su estribillo, yo podría decir que de mi mano derecha sólo me sé ese dolor rutinario que se repite desde entonces entre estrofa y estrofa de la vida.

Una vez echado abajo el ladrillo, y con la urna al alcance de la mano, tuve un instante de terror al considerar que aquello que estaba llevando a cabo era un delito, aunque las cenizas fueran de mi madre, o quizá por eso. Estaba violando una tumba, en fin, estaba profanando un espacio que se considera sagrado. En poco tiempo me había convertido en un traficante de dinero negro y en un profanador de tumbas. Y todo ello de manera gratuita, como hacemos la mayoría de las cosas. Fue el propio miedo el que me ayudó a tomar la urna helada, por cierto, y salir con ella de la instalación. En la zona del horno crematorio, a pocos metros de donde me encontraba yo, había un pequeño grupo de personas con las solapas de los abrigos subidas. En lugar de llevarse el cigarrillo a los labios, fumaban inclinando la cabeza, en una especie de encogimiento dirigido a protegerse del frío, o del dolor. Vi a mi derecha un pequeño arbusto cuyas hojas estaban bordeadas por una cinta de escarcha que evocaba el azúcar sobre las frutas confitadas. Lamenté de nuevo la falta de abrigo, pues una prenda de esa naturaleza me habría ayudado a ocultar la urna. Finalmente, con la resolución que da el miedo, atravesé toda la instalación y salí a la calle, una especie de carretera más bien, sin llamar la atención de nadie. Tuve que caminar bastante para llegar a una zona donde hubiera taxis y entre tanto iba cambiando la urna de brazo, pues su frío traspasaba el tejido de la chaqueta y de la camisa abrasándome la piel como una plancha de hierro al rojo vivo.

—Vengo de recoger las cenizas de mi madre —le dije al taxista con cierto dramatismo, pues necesitaba dar algún desahogo a mi desamparo.

—¿Le importa que encienda un cigarrillo? —preguntó él, como si la mención a las cenizas le hubieran abierto las ganas de fumar.

Me ofreció uno y lo tomé, pese a que llevaba cinco o seis años sin fumar, casi los mismos que tú llevabas muerta. Por la radio del taxi estaban dando una receta de cocina y comprobé con desesperación que los jugos gástricos se ponían en danza. No sabía si tenía más hambre que tristeza, del mismo modo que unos minutos antes había sido incapaz de decidir si el miedo era mayor que el frío. Algunas veces las sensaciones morales anulaban las físicas, pero otras veces eran las físicas las vencedoras de esa rara batalla entre el cuerpo y el espíritu. El cigarrillo me mareaba un poco, pero me quitaba el hambre, y en general fue mayor el consuelo que el malestar que me proporcionó.

Ya en casa, coloqué la urna sobre la mesa de trabajo y al lado de ella el sobre con los billetes que anticipaban todo este horror en el que me encontraba envuelto. El sobre, con el paso de los días, había adquirido cierta calidad de sudario. Me daba aprensión tocarlo, pues también el dinero, en su interior, parecía dotado de la plasticidad de la carne. Yendo de un objeto a otro, y de ellos a las cuartillas vacías, que parecían también una mortaja en la que permanecía envuelto el cadáver de mi escritura, me llené de remordimientos, madre. No sólo de remordimientos hacia ti, sino hacia mí mismo, pues todo en la vida lo había hecho de aquel modo improvisado, torpe, con el que también recuperé tus cenizas o me comprometí a escribirte esta carta. Tal vez si hubiera cumplido los trámites burocráticos para acceder legalmente al columbario y hubiera firmado un contrato normal con el editor, sin dinero físico por medio, habría sido capaz también de escribir una carta común. Tampoco se trataba de hacer nada especial. Era un trabajo de encargo, como tantos de los que se aceptan por dinero. No sé por qué nunca me ha bastado el dinero, por el que tú tanto sufriste en vida. Siempre pido a la escritura que me proporcione también algún grado de desasosiego. Nunca me he conformado con pagar el alquiler, el pan, los cigarrillos (ahora de nuevo los cigarrillos), el alcohol, las putas, sino que he procurado obtener también de mi trabajo unas cantidades de arrepentimiento, que constituían a la vez el motor para seguir escribiendo. Siempre fueron un circuito cerrado la escritura y el remordimiento. Cada uno se alimentaba del otro, y los dos de mí. Pedí el dinero en metálico para arrepentirme

de ello, pues había pensado gastármelo en exce-
sos sexuales. En defectos sexuales más bien, si
se tienen en cuenta mis inclinaciones venéreas.
Pero los beneficios de la prostitución, pensé,
hay que reinvertirlos en la prostitución. Entonces sonó el teléfono.

—¿Cómo va la carta? —preguntó el editor
al otro lado.

—Estoy trabajando en ella —dije—. Dame
aún unos días.

—Una semana. Sólo falta la tuya. Pero si
prefieres devolverme el dinero —añadió con
cierto desdén—, a mí me da lo mismo. Haz lo
que quieras.

Bajé a un bar cercano, tomé un bocadillo,
compré un paquete de tabaco y volví a casa
dispuesto a escribirte la carta de un tirón. Pero
el circuito del remordimiento y la escritura se
había quebrado en algún punto. No lograba
colocar dos frases seguidas. A media tarde,
rompí el frágil precinto de la urna y tomé un
puñado de tus cenizas que guardé en el bolsillo de la chaqueta. Todavía recuerdo su tacto
polvoriento. Polvo eres y en polvo te convertirás, nos decía el cura el miércoles de ceniza,
cuando me llevabas a la iglesia de la mano, y
nos dibujaba, también a manera de anticipo,
aquella cruz gris sobre la frente. Luego abrí el
sobre y cogí unos billetes. Me fui a la calle con
las solapas de la chaqueta subidas y busqué

a una prostituta madura de la que llevaba
meses intentando deshabituarme. No tuve
que caminar mucho, pues vivo en un barrio
donde se ejerce la prostitución. Un escritor,
habrías pensado tú, debería vivir más cerca
de la Biblioteca Nacional que de los burdeles,
y es cierto, pero es que los burdeles están muy
cerca también de la Biblioteca Nacional, algo deben de tener en común las putas y los
libros.

La mujer estaba en su esquina, muerta de
frío, y se alegró de verme.

—Hoy te lo haría gratis —dijo— con tal de
encontrar una excusa para irme a casa.

La comprendí porque yo también buscaba
continuamente excusas para no escribir. Muchos días escribiría gratis con tal de no escribir,
pero los escritores no hemos resuelto cómo escribir sin escribir, aunque sea gratis. Eso es lo
que nos llevan las putas de ventaja, que sí son
capaces de hacerlo y a veces hasta te regalan lo
que no te hacen. De hecho, cuando llegamos a
su apartamento comprendí que ni ella ni yo teníamos ganas de nada que no fuera tumbarnos
boca arriba en la cama y fumar un cigarrillo
detrás de otro, contemplando el techo, viendo
cada uno en sus sombras las formas de su remordimiento.

—¿No quieres nada? —dijo ella arrebuján-
dose para combatir el frío. El contacto con sus

pies me recordó el tacto helado de la urna cuando la saqué del columbario.

—Nada, pero te pagaré, no te preocupes. He conseguido un poco de dinero negro. No hace falta que lo declares.

—¿Estás loco? Nunca lo he declarado.

Me habría gustado que compartiéramos el cigarrillo, igual que los amantes en las películas, pero ella se empeñó en que fumara cada uno del suyo, porque le tiene miedo, como todas las putas, a la respiración de los clientes (mi editor también: por eso echa el respaldo de la silla hacia atrás). A mí se me caía la ceniza cada poco entre las sábanas, de modo que en un momento dado comencé a llorar.

—¿Qué te pasa ahora? —preguntó ella.

Le conté que esa misma mañana había recuperado las cenizas de mi madre y que no sabía qué hacer con ellas, aunque a mi madre le habría gustado que las arrojara al mar.

—Tíralas por el retrete —dijo—, mucha gente lo hace. Tarde o temprano llegan al mar. El año pasado estuve en el Mediterráneo y parece una cloaca.

Estaba irritable, de otro modo no me habría dicho eso, creo yo. Pero no me enfadé. En cierto modo me parecía más noble la relación que tenía ella conmigo que la que había establecido yo con mi editor.

—Conozco a otro escritor —añadió—, que se echa a llorar también por nada. Sois unos flojos.

—No es que seamos flojos —dije—, sino que la vida nos debe algo que a medida que pasa el tiempo tenemos menos esperaza de cobrar.

Pero para problemas, claro, los de ella, los de la puta. Yo ya conocía su historia, pero volvió a contármela para competir con mi sufrimiento. Tenía una hija en Francia, estudiando Farmacia.

—Y no sabe a lo que me dedico —añadió—. Cree que vendo joyas, fíjate. Eso es un problema y no lo de las cenizas de tu madre. Si yo fuera escritora, hablaría de cosas reales, como la de tener en Francia una hija que se cree que su madre vende joyas. He tenido que aprender a distinguir un rubí de un diamante, ya ves tú. ¿Sabes en qué se diferencian?

Le dije que no y me dio una lección de minerales cristalizados y piedras preciosas sin dejar de contemplar el techo. En algún momento, para referirse al rubí, creo, empleó la palabra carbunclo, o carbúnculo, con cuya pronunciación disfrutaba como si tuviera en la boca un caramelo.

—Se dice de las dos formas —aclaró—, aunque a mí me gusta más carbunclo.

—Parece una enfermedad —dije yo—. Si me dicen que alguien se ha muerto de un carbunclo, o de un carbúnculo, me lo creo.

—Pues no es una enfermedad, ya ves tú. No me amargues el día.

Estuvimos dos horas, en fin, intercambiando problemas, pero siempre perdía yo. Además, me había humillado su modo de documentarse sobre el universo de las joyas para engañar a su hija. Yo jamás había estudiado tanto para hacer más verosímil una novela. Era una mujer honrada, quiero decir. De repente, comprendí el sentido de la palabra honradez y entendí por qué tenía una adicción tan grande por aquella puta, que, no sé si te lo he dicho, madre, se llamaba o se hacía llamar Marisol, igual que tú.

Pasadas dos horas, quizá tres, Marisol se quedó dormida y yo me levanté. Dejé el dinero que suele cobrarme sobre la mesa, pisado por un jarrón, como hacía siempre, y luego tomé del bolsillo de la chaqueta las cenizas que había extraído de la urna y las arrojé en el lavabo de su cuarto de baño, abriendo el grifo para que se escaparan por el sumidero. En días sucesivos, pensé, iría desprendiéndome de ese modo del dinero negro y de las cenizas. Cuando no me quedara ni una cosa ni otra, quizá pudiera volver a ganarme la vida, a vender mi escritura con la honradez con la que aquella puta vendía su cuerpo.

Al día siguiente, a media mañana, me llamaron del cementerio por teléfono. Un funcio-

nario contrito me informó de que habían vio-
lado el columbario de mi madre, del que habían desaparecido sus cenizas. Mi primer impulso fue decir que no se preocuparan, que
después de todo unas cenizas no iban a ningún
sitio, pero temí que eso dirigiera las sospechas
hacia mí, de modo que cuando me invitaron a
poner una denuncia que completara la del propio cementerio no encontré motivos para negarme.

Esa misma tarde, pese a mi odio a los trámites, tuve que acudir a la comisaría corres-
pondiente, cercana al cementerio, para rellenar
los papeles. No sé si tenía cara de sospechoso,
o de escritor, o de puta, el caso es que el policía
que me atendió no dejaba de lanzarme miradas intimidatorias que hicieron en mi ánimo
su efecto. Además, llevaba en el bolsillo de la
chaqueta un puñado de cenizas que había recogido de la urna antes de salir de casa, pues
pensaba ver luego a Marisol, así como un puñado de dinero negro. Si me registran, pensé,
estoy perdido. Al final, y como el policía co-
menzara a hacerme preguntas que consideré
impertinentes, saqué fuerzas de flaqueza y le
dije con cierta arrogancia que yo era la víctima,
no el delincuente.

El policía hizo un gesto de desprecio y dio
por terminada la declaración ordenándome
(*ordenándome*, ésa es la palabra) firmar en va-

rios sitios. Salí humillado de la comisaría, pero con alivio también, pues durante la comparecencia introduje varias veces, sin darme cuenta, la mano en el bolsillo de la chaqueta y la saqué con las cenizas adheridas a los dedos. Creo que dejé un rastro tuyo, madre, por media ciudad, un reguero de pólvora si se tiene en cuenta la calidad de mi miedo, por lo que decidí darle a la puta más dinero, y también más cenizas, para acabar cuanto antes con aquello.

En unos días más, tus cenizas habían desaparecido por el sumidero del lavabo de Marisol y el dinero negro por su escote. Quedaron restos, porque un asesino como Dios manda siempre deja algún indicio de su crimen, en el bolsillo de mi chaqueta y en mi escritorio, donde todavía permanece el sobre, o sudario, que contuvo el dinero negro que recibí a cambio de escribir esta carta. Pero ya nunca me pongo esa chaqueta, madre. Cuando abro el armario y la veo colgada de la percha con la expresión de derrota dibujada en todo su ser, me parece la chaqueta de un viudo, la chaqueta de cuando yo era viudo de ti, en lugar de tu huérfano.

También me he deshabituado de Marisol, aunque todavía no he logrado abandonar el tabaco, cuyo sabor me recuerda el de su pezón. Pero lo más importante es que escribo, he vuelto a escribir a un ritmo de dos cigarrillos por folio aproximadamente. No está mal. Descansa en paz y dame un respiro. Tu hijo que te quiere, Álvaro.

P. D: Mi editor ha rechazado esta carta, madre. Dice que no la ve apropiada para el libro de *Cartas a la madre* que tiene en preparación y que seguramente es un libro de buenos sentimientos. Renuncia, como es lógico, al anticipo que me entregó, pues ahora es él el que ha fallado, y me pide que trabaje duro en la novela, para incluirla entre las novedades de la primavera. Es como si alguien me hubiera devuelto tus cenizas. De hecho, creo que voy a quemar esta carta para guardar sus restos en la urna donde antes estuvieron las tuyas. Polvo eres, tú también, cuerpo de la escritura, y en polvo te convertirás.

A cabé de leer la *carta* sin aliento y respondí al correo electrónico de Álvaro con otro muy breve: «Querido Álvaro: me alegro de que te encuentres bien. He hecho algunas averiguaciones y creo que estoy a punto de dar con la ex monja. Tu *carta a la madre* me ha parecido conmovedora, pero algo siniestra: no es raro que el editor te la haya rechazado: los editores son seres humanos. Veré qué se puede hacer para que la publiquen en el periódico. Un abrazo».

Leí la *carta* un par de veces más, asombrado por la mezcla que había en ella entre realidad y ficción. Comprendí que toda escritura es una mezcla diabólica de las dos cosas, con independencia de la etiqueta que figure en el encabezamiento. La materia de mis reportajes era tan ficticia como la de la *carta a la madre* de

Álvaro, o la de la carta a la madre era tan real como la de mis reportajes. Se podía decir de las dos formas porque todo era mentira y verdad al mismo tiempo. Todo es mentira y verdad de forma simultánea, Dios mío. ¿Por qué, pues, ese empeño en escribir una novela habiendo publicado ya tantas mentiras en mis reportajes? Por lo demás, me impresionaron aquellas cantidades de rencor en un chico joven al que las cosas, por otra parte, no le habían ido tan mal, y me pareció que el simple hecho de enviarme la carta significaba que me hacía responsable de su malestar. Era como decirme, así lo sentí al menos, que yo tenía la obligación de restituirle algo de aquello que le debía el mundo.

Durante dos días estuve telefoneando al móvil de Fina, pero siempre estaba desconectado. Dejé varios mensajes a los que no recibí respuesta. Finalmente, me presenté en la casa de Praga después de comer y me abrió la puerta María José.

—Luz está enferma —dijo.

Atravesé el corto pasillo disimulando mi desagrado por el mal olor, llegué al salón y desde él al dormitorio. María José retiró la estufa de ruedas, que estaba atravesada en la puerta, para que pudiera entrar, pero permanecí en el umbral por miedo, como si Luz Acaso pudiera contagiarme algo. Su cara asomaba entre las sábanas con el gesto de interrogación que le era característico, pero su expresión ya sólo preguntaba si se iba a morir. Me miró, ladeó el rostro, y se durmió durante unos segundos. Iba y venía del sueño a la vigilia como si se columpiara entre los dos estados. Sobre la mesilla de noche había frascos y un vaso de agua. La persiana estaba bajada, pese a que la luz, afuera, comenzaba a declinar.

—¿Qué tiene? —pregunté.

—Neumonía.

—¿La ha visto el médico?

—Sí, estamos esperando a que venga la ambulancia para llevarla al hospital.

La neumonía había matado en los últimos años a algunas personas de mi entorno que previamente contrajeron el sida. Pensé entonces que ésa era la verdadera enfermedad de Luz Acaso, y que si María José, pese a su locuacidad, no me lo había dicho era por su raro concepto de la discreción. Quizá sólo era cautelosa respecto a lo real. Por otra parte, las prostitutas eran objetivamente un grupo de riesgo frente al sida, lo que dejaba en el aire, de nuevo, una interrogación.

—Es mejor —dije— que saques la estufa. Quema mucho oxígeno y enrarece el aire.

María José tiró de ella y la llevó al lugar que ocupaba habitualmente en el salón, donde nos sentamos a la espera de que apareciera la ambulancia. Luz, en una de las oscilaciones que hacía entre la vigilia y el sueño, se había quedado en el lado del sueño, así que hablábamos en voz baja, como cuando duerme un niño más que como cuando duerme un enfermo.

—Quítate el parche —le pedí, pues me parecía que había un exceso de oscuridad en el ambiente.

—No —dijo ella—, quiero presenciarlo todo con el lado izquierdo.

—Qué absurdo —dije.

—¿Te parece absurdo?

—No sé. Ahora sí.

—¿Entonces tampoco crees que se puede escribir un libro zurdo?

—No sé qué rayos es un libro zurdo.

—¿Crees que eres un buen reportero?

—No soy malo.

—No eres malo porque escribes cosas previsibles. Ves la realidad con el lado derecho y la ordenas con ese lado también. Le das a los lectores lo que esperan recibir y te pagan por ello. Está bien, no engañas a nadie y cobras la tarifa adecuada al producto que vendes. Pero imagínate que todo lo que has escrito con el lado derecho lo hubieras escrito con el lado izquierdo. Intenta ver lo que está pasando aquí mismo, ahora, con ese lado. No compadezcas a Luz, como te han enseñado a compadecer a los enfermos. En lugar de eso, solidarízate con ella desde el lado que menos conoces de ti. Sé zurdo durante un rato y verás cómo todo se ilumina.

Creo que la miré un poco sobrecogido.

—No sé —dije.

—Cierra el ojo derecho —me ordenó.

Cerré el ojo derecho y al verla a través del túnel formado por el izquierdo comprendí que lo que me separaba de María José era precisamente el instrumento con el que la observaba, el ojo, del mismo modo que el microscopio que permite al investigador acceder a la célula lo aleja de ella. Estaba allí, a mi lado, pero sólo como un fenómeno observable. Jamás podría diluirme en ella ni ella en mí porque nos encontrábamos en lados distintos de la lente. Sentí que todas las grietas de mi vida que yo había ido taponando desesperadamente con harapos de realidad, como se tapa una herida de combate, se vaciaban para llenarse ahora de jirones de irrealidad, y comprendí lo imaginario que había sido todo. Fue un descanso sentirlo así, y comprendí que si tuviera que escribir un reportaje sobre aquellas mujeres ya no trataría de averiguar si Luz era puta o funcionaria, o si tenía una depresión o un sida. Tampoco si María José era hija de un pescadero o de un mecánico. Toda mi escala de valores, fuera cual fuera, se había ido al carajo, y apareció ante mi ojo izquierdo un orden distinto. Supe que había vivido una vida honrada, pero banal, llena de excitaciones convencionales, manejadas a distancia por otro que no era yo. Comprendí que en la aspiración loca de María José por escribir un libro zurdo había un proyecto de insubordinación que valía por todas mis realizaciones. Y no me pareció que el parche la oscureciera, porque al contemplarla, no sin esfuerzo, con el ojo izquierdo, la veía completamente iluminada y deseable. Imaginé lo que sería follar con ella teniendo los dos tapado el ojo derecho y con el brazo de ese mismo lado atado a la espalda. Follaríamos torpemente, como se debe escribir y como se debe vivir tal vez. Quizá el oficio, tan valorado en la profesión de reportero, sea malo para todo. Comprendí el error de magnificar la experiencia y me pareció que era un buen principio para una novela la frase *yo tenía un acuario en el salón.*

Pero al mismo tiempo que todo eso, comprendí que yo ya estaba perdido para comenzar una vida al otro lado de la lente, en el zurdo. No se trataba sólo de que ella estuviera destinada a Álvaro Abril, sino que desde la distancia a la que nos comunicábamos sólo podíamos hacernos señales de humo.

—Me gustó mucho lo de *yo tenía un acuario en el salón* —le dije intentado no levantar el párpado, aunque el ojo había comenzado a llorarme.

—Gracias, pero no tenía que haberte gustado. Es una broma que uso para desconcertar a la gente que se toma la literatura muy en serio.

—Pues me gustó.

—Pues mal hecho.

—Por cierto —añadí—, ¿eres tú la monja que ha hecho creer a Álvaro que es hijo de Luz?

—Sí —dijo dirigiendo su ojo único al mío—, yo soy esa monja. Como verás, no basta con cerrar el ojo derecho para clausurar ese lado. Sigues queriendo averiguar cosas que sólo interesarían a un pensamiento convencional. A tu lado izquierdo no sólo no le importaría que fuera esa monja, sino que le parecería lógico. Desde tu lado izquierdo, como desde el mío, cualquier cosa que sirviera para atraer a Álvaro Abril hacia mí estaría justificada. De hecho, tu lado izquierdo debe saber que tú formas parte del cebo también. Tú no tienes otra misión en esta historia que contribuir a que Álvaro y yo nos encontremos.

Me pareció verosímil, en efecto, desde el lado izquierdo, pero en ese momento sonó el timbre de la puerta, y abrí el ojo derecho y dejé entrar la realidad tal y como yo la conocía. La realidad eran dos enfermeros y un médico, supongo, muy joven, con quien María José se entendió sin problemas. Yo no habría sabido hacerlo. Luego, mientras sacaban en una camilla a Luz Acaso, que parecía completamente consumida, cerré a ratos el ojo derecho para verlo todo desde un lado que no me doliera. Pero no era un problema de dolor, sino de significado.

Antes de abandonar el salón me asomé a la ventana con el ojo izquierdo y vi una calle de Praga por la que yo había pasado la única vez que estuve allí. Deseé recorrerla de nuevo, esta vez con el lado izquierdo, pero al salir fuera, esa misma calle se convirtió en una calle de Madrid. La ambulancia se fue aullando con Luz Acaso y María José en su interior hacia López de Hoyos. Yo caminé un rato sin rumbo con el ojo derecho cerrado. El efecto era muy curioso: parecía que las calles pasaban por mí en lugar de pasar yo por las calles, que la gente formaba parte de una pintura por la que nos deslizábamos y en la que, curiosamente, las personas que tenían dos ojos veían menos que las que teníamos uno. El ojo cerrado me dolía por el esfuerzo y a través de la juntura del párpado apretado se colaban unas lágrimas que se enfriaban al bajar por la cara. Pero yo seguía sin abrirlo, con la voluntad de entender algo, y entonces miré la calle estrecha como un pasillo y a medida que avanzaba por ella fui comprendiendo las distintas partes de mi vida. No había sido una vida completamente equivocada desde la lógica del lado derecho, pero desde la del izquierdo no es que estuviera equivocada, es que era inexistente.

Al llegar a casa, me senté frente al ordenador y mientras se encendía abrí el ojo derecho para descansar, y era un descanso parecido al de no ver. Tenía un correo electrónico del redactor jefe. Me recordaba el reportaje sobre la adopción, pero sin convicción ninguna. Decidí no contestar. Había otro de mi hija, en el que me decía que le había caído muy bien a Walter, su novio. No añadía nada más, y precisamente por su simpleza advertí que era un grito de auxilio al que yo no sabría dar respuesta con ninguno de mis lados. El tercer correo era de Álvaro. Lo leí con el ojo izquierdo. Decía así: «Mi madre no contesta al teléfono desde hace un par de días ni a la hora en la que nos comunicábamos ni a ninguna otra. Temo que le haya ocurrido algo».

Por fortuna, no decía nada de mi correo anterior, en el que califiqué de siniestra su *carta a la madre*. Al leerlo con el ojo izquierdo comprendí que me hacía responsable de averiguar qué sucedía. Acepté mi destino y le respondí que no se preocupara, que me encargaría de hacer las averiguaciones oportunas, y me fui a la cama. Dormí con los dos ojos cerrados.

Al día siguiente, muy temprano, me sacó de la cama el teléfono. Era el redactor jefe, que no mencionó el reportaje sobre la adopción, pero me pidió que asistiera a unas jornadas sobre periodismo y literatura que se celebraban en Barcelona y a las que tendría que haber acudido alguien del periódico que a última hora se había puesto enfermo. No pude negarme y dos horas más tarde estaba en un avión del puente aéreo intentando hilvanar cuatro ideas para salir del paso. Finalmente, hablé, sin citar las fuentes, de la literatura del bastardo y de la literatura del legítimo afirmando que el periodismo era una literatura hecha desde la conciencia de la legitimidad que proporciona trabajar con materiales reales. El hecho de que el periodista relate sucesos más o menos verificables, dije, puede llegar a hacerle creer que no es más que un notario. El notario, añadí, es el hijo auténtico por excelencia: declara como cierto, con la complicidad social, algo que por lo general sólo sucede dentro de su cabeza. Conté que hacía años, al poco de entrar en el periódico, el jefe de la sección de cultura me encargó que telefoneara a cuatro o cinco escritores y les preguntara por qué escribían para improvisar un reportaje. Se trataba de un recurso eficaz en las épocas de sequía informativa, pues los escritores daban respuestas ingeniosas que divertían al público. Uno de estos escritores a los que había llamado me devolvió la pregunta:

—¿Y por qué escribe usted? —dijo.

Me dejó sorprendido porque yo no era consciente de escribir del mismo modo que muchos notarios no se dan cuenta de que crean la realidad que en su opinión sólo están autentificando. En ese sentido, mantuve que el periodista es un hijo legítimo y, en consecuencia, añadí, un hijo de puta. Lo dije para hacer una gracia, pero me gané la enemistad de los colegas, que me rehuyeron durante el resto de las jornadas, pese a que asistí disciplinadamente a todas las ponencias y que participé, por hacer bulto, en un par de mesas redondas.

Entre intervención e intervención telefoneaba a casa de Luz Acaso y a su móvil, sin recibir respuesta. La última noche que permanecí en Barcelona leí detenidamente la sección de contactos de un periódico, dudando si contratar los servicios de una prostituta. Me maravillaba la idea de que pudiera hacerlo o no, de manera indistinta, sin que una acción ni su contraria cambiaran el curso de las cosas, el curso de mi vida o el de la vida de la puta. ¿O sí? Finalmente no me decidí porque la mujer que buscaba no estaba en los anuncios por palabras de aquel periódico.

Cuando regresé de Barcelona, al tercer día, Luz Acaso había fallecido, y había sido enterrada. Con ella habían sido enterradas también Fina y Eva y Tatiana y el resto de los nombres que hubiera utilizado para llevar su falsa (¿falsa?) existencia de puta.

Me dio la noticia María José, desde su ojo izquierdo, cuando me acerqué a la casa de Praga para ver cómo iban las cosas.

—La enterramos ayer —dijo.

Se me ocurrió preguntarle si había localizado a su familia y me miró como si estuviera loco. Tuve el pensamiento mezquino de que, a juzgar por el modo en que se había instalado, pretendía quedarse con la casa, pero tal vez la mezquindad sólo estaba dentro de mi cabeza, cómo saberlo. Desde el lado derecho casi todo es mezquino, ruin, previsible, caduco. Dios mío, ella estaba bellísima en su mezquindad, y al darme cuenta de eso, de lo mezquina y lo bella que era al mismo tiempo, supe que mi vida se había acabado, que yo pertenecía a otro mundo, aunque continuara moviéndome por inercia en éste. No quisiera dramatizar: es probable que viva muchos años todavía y que continúe ganándome la vida holgadamente, que tenga incluso más éxitos profesionales de los que me merezca, pero todo eso le ocurriría ya a un tipo acabado, un tipo que no había sido querido en los momentos de su vida en los que lo necesitó. No me observaba con lástima, sino con cierta curiosidad antropológica. No pudo ser, muchacho. Cuando hablaba conmigo mismo, me gustaba llamarme muchacho, aunque ya era un señor, y en todos los sentidos, a quién iba a engañar.

Mientras María José iba de acá para allá ordenando o desordenando cosas, quizá —pensé mezquinamente— buscando algún dinero oculto, yo olfateaba disimuladamente, de manera que en el cajón de un mueble parecido a una cómoda encontré el móvil de Luz Acaso, que escondí en el bolsillo, como un fetiche, para oír las cosas que le decían, le decíamos, los hombres a aquella falsa o verdadera puta, quién lo sabe. Pregunté a María José si había entrado en la habitación de la izquierda y no, no había entrado, dijo, añadiendo que aún no era la hora de forma algo retórica.

Cuando volví a casa, me senté en mi silla alemana especial para combatir el lumbago, cerré un ojo e imaginé que todo mi costado derecho era de madera. Una vez lograda esa sugestión, me fue más fácil viajar hacia el lado izquierdo, que estaba constituido, en efecto, por una geografía sin mapas. Tampoco los necesitaba, puesto que la memoria recordaba perfectamente aquel lugar inhóspito. Procedemos del lado izquierdo y huimos de él hacia el derecho en busca de una quimera, o de una notaría. Al poco de entrar en el izquierdo, tropecé con una versión desnutrida de mí a la que había abandonado hacía tiempo prometiéndole volver. Íbamos, en aquella época remota, apoyado cada uno en el hombro del otro, los dos perplejos frente a un mundo incomprensible, cuando advertí que no llegaríamos a ninguna parte. Entonces le dije que me adelantaría yo para hacerme con unas reservas de palabras que nos ayudaran a entender las cosas, y que cuando tuviera esa reserva regresaría a por él. No regresé. Peor aún: lo olvidé, y ahora volvía a encontrármelo desnutrido y afásico. Le habría dado todas mis palabras, pero no le habrían servido porque eran palabras del lado diestro y él era una criatura del izquierdo.

Cada otoño, desde hace muchos años, empiezo un curso de inglés que abandono hacia las navidades. El resultado es que dentro de mí ha ido creciendo un individuo anglosajón que apenas es capaz de defenderse en los aeropuertos internacionales con cuatro frases que sirven para saber dónde está el cuarto de baño y poco más.

Este sujeto que aprende inglés y yo nos encontramos con frecuencia, lo que resulta inevitable viviendo el uno dentro del otro. Normalmente vive él dentro de mí, pero cuando viajo al extranjero, soy yo el que se refugia en su interior. Y desde allí observo sus dificultades. No es nada fácil entenderse con los taxistas ni con los camareros ni con los subsecretarios chapurreando cuatro palabras de inglés. Por eso, cuando regresamos a casa, él vuelve a sus profundidades y yo tomo el mando en castellano. La convivencia con este pobre diablo analfabeto dura, como digo, hasta las navidades. Es la cantidad máxima de tiempo que resisto estudiando inglés. Luego él se queda dormido en lo más hondo de mi conciencia, como si invernara, y yo apenas le reclamo, de no ser que tenga un viaje, aunque a veces, al meterme en la cama, me acuerdo de él y le despierto.

—*Get up!, get up!*

—*What´s happening?* —pregunta él sobresaltado.

Le digo que quiero un vaso de agua o un vaso de leche, o que mi sastre es rico, cualquier tontería, en fin, que sea capaz de entender, y tras este breve intercambio nos echamos a dormir los dos. Este año lo encuentro un poco más delgado de lo habitual. Si me muero yo antes que él, no sé cómo va a salir adelante en la vida: así era el niño que encontré en el lado izquierdo.

Telefoneé a Álvaro, le informé de que Luz Acaso había muerto y le di el pésame. No me preguntó detalles sobre el entierro, ni si había hecho ya alguna gestión para que se publicara la *carta a la madre* en el periódico, no me preguntó nada. Todas las preguntas mezquinas se me ocurrían a mí.

—Vivía con una chica —añadí— que quiere conocerte y que todavía continúa en su casa.

Quedamos en una esquina, para ir juntos. Cuando nos encontramos, nos dimos un abrazo como el que se habrían dado un padre y un hijo en un funeral.

—Hijo —le dije absurdamente y le retuve entre mis brazos más tiempo del normal.

María José nos esperaba con el parche en el ojo y el costado derecho prácticamente inmóvil. Nada más hacer las presentaciones, comprendí que, en efecto, Álvaro Abril le estaba destinado porque los dos vivían en el mismo lado de la lente. Luego, cuando ella fue a la cocina a por el café, me vi en la obligación de explicarle que no era tuerta ni paralítica, sino que estaba conquistando su lado izquierdo con la idea de escribir un libro zurdo. Álvaro observaba todo como si ya hubiera estado allí en una época lejana e intentara ahora adecuar el tamaño de las cosas al de su memoria. Después María José y él se pusieron a hablar de literatura y de la vida de tal manera que yo quedé excluido en seguida de su conversación. Parecía un padre controlador empeñado en conocer las relaciones de su hijo.

Me despedí casi sin que se dieran cuenta de que me iba y salí a la calle convencido de que me había ocurrido una historia zurda, una aventura del lado izquierdo, aunque yo sólo fuera capaz de contarla desde el derecho. Sin duda, era un privilegio: otras personas pasaban por la vida sin saber que ese lado existía: personas que jamás habían apagado el interruptor de la luz con la mano izquierda, que jamás se habían pasado la mano izquierda por la frente, que no habían socorrido ni asesinado a nadie con esa mano, y que en la resurrección de los muertos ni se imaginaban a la izquierda de Dios. Yo, en cambio, ya no podía verme en otro sitio.

Recibí un paquete con las cintas magnetofónicas en las que estaban registrados los encuentros entre Luz Acaso y Álvaro Abril. Álvaro me explicaba en una carta adjunta que había decidido no escribir la biografía de su madre, y me hacía depositario de todo ese material que me comprometía de forma imaginaria. ¿Pero hay acaso ataduras más fuertes que las imaginarias? «He sabido por María José —continuaba— que mi madre y tú os visteis con frecuencia durante la última época. Te confieso que en un primer momento tuve celos, pero ya no. Supongo que tú necesitabas arreglar cuentas con el pasado más que yo. De hecho, no le debo nada al pasado; es el pasado el que tiene una deuda conmigo. Por otra parte, el material del que te hago depositario y responsable encaja muy bien con el que llevas recogiendo sobre la adopción desde hace tanto tiempo. Tal vez cruzando tu documentación con la mía consigas hacer algo de interés. En cuanto a la *carta a la madre*, no hagas ninguna gestión en el periódico: ya no me interesa. Quémala o inclúyela entre los materiales sobre la adopción. Después de todo, si la leíste atentamente, es más de lo mismo.»

Le llamé por teléfono y protesté de manera retórica.

—Es tu historia —le dije.

—No, ya no —respondió—, era mi historia cuando creí que quería escribir una novela. Ahora voy a dedicar todas mis fuerzas a no escribirla y un modo de no hacerlo es que la escribas tú. No nos engañemos: hay gente que tiene facilidad para escribir. Yo tengo una facilidad increíble para no escribir, aunque hasta el momento había sido incapaz de aceptarlo.

—¿Y *El parque*?

—Estoy arrepentido; ahora no volvería a escribirla.

—De acuerdo, hijo —añadí de forma algo miserable. No comprendía cómo alguien podía desprenderse de un material tan rico, aunque yo mismo rechazaba el que me proporcionaba mi hija verdadera, que continuaba enviándome correos en apariencia neutros a los que no daba respuesta.

Escuché las cintas una y otra vez y al recordar que Álvaro Abril daba clases en Talleres Literarios sobre la construcción del personaje, pensé que Luz Acaso había levantado magistralmente el suyo: como Penélope, deshacía por las noches la identidad que tejía durante el día. De este modo, siempre era la misma y siempre era distinta. Así nos hacemos también las personas reales: en una contradicción permanente con nuestros deseos. Damos la vida por lo irreal y desatendemos lo real. Amé a quienes no tuve y desamé a quien quise, decía Vicente Aleixandre, creo, uno de los pocos poetas que he leído con provecho.

Álvaro vivía prácticamente instalado ya en la casa de Praga, donde yo me dejaba caer algunas noches para observar desde el otro lado del microscopio los cambios que se producían en aquel compuesto existencial. Dormían en la habitación de la izquierda, a la que habían trasladado los muebles del dormitorio de Luz, ya que la encontraron vacía cuando se decidieron finalmente a forzar la cerradura. Quizá estaba ocupada por un fantasma que decidió no manifestarse. En cualquier caso, la que permanecía ahora clausurada y vacía era la de la derecha, como si fuera imposible que funcionaran las dos al tiempo. Siempre hay un pulmón que falla.

María José continuaba ejercitando su lado izquierdo con el apoyo de Álvaro, que teorizaba la actitud de la falsa tuerta con argumentos de taller literario, o eso decía yo al sentirme excluido de una relación cuya mirada me envejecía. Fui conociendo detalles de la vida de Luz Acaso, pero ninguno que me sirviera para separar las fronteras de la realidad de las de la ficción: no conseguí aclarar (tampoco puse demasiado empeño) si había sido una funcionaria de Hacienda con depresión o una puta con sida, tal vez no había sido ni una cosa ni otra. Me movía entre el deseo de querer y no querer saberlo porque, pese a la presencia que había adquirido en mi vida lo irreal, aún necesitaba datos verificables para escribir la historia de ella y la nuestra desde la posición de hijo legítimo desde la que trabaja un periodista. Pero cuanto más legítimo quería ser, más hijo de puta me sentía.

Comía solo, escuchando las cintas en las que Luz Acaso se tejía y se destejía, mientras me emborrachaba de manera metódica y pensaba en mi hermano gemelo o en el modo casual en el que irrumpió en mi existencia Álvaro. Un día me contó que cuando nos presentaron había sentido una euforia extraña, como si el diablo anduviera cerca. A ninguno de los dos se nos ocurrió entonces que el diablo pudiera ser yo. ¿Por qué no?

Por qué no, si de hecho tenía ideas diabólicas: mantuve, por ejemplo, los anuncios que Luz había publicado en la sección de contactos del periódico y a media tarde llamaba al buzón de voz y escuchaba los mensajes que los hombres le continuaban dejando, o le continuábamos dejando, porque yo mismo telefoneaba a veces a aquel número y dejaba avisos que al oírlos, más tarde, me parecían avisos de ultratumba.

No siempre subía a la casa de Praga: a veces me limitaba a observar la ventana iluminada desde abajo. Me daba miedo volver a casa, pero tampoco encontraba placer en la compañía de los bares atendidos por mujeres.

Mi hija se casó en Berlín, pero me las arreglé para no ir a la boda, aunque le envié un regalo que me devolvió a los pocos días con una nota cruel: «No te conozco, anciano». Mi ex mujer me aseguró que la frase era de un personaje de Shakespeare para darme un consuelo que no necesitaba, pues aunque continuaba vistiendo de manera informal, había aceptado al fin que ya no era un muchacho, y los lazos sentimentales con mi familia real, si alguno quedaba, se habían deshecho a lo largo de ese proceso de iniciación.

Un día sonó el teléfono y María José me dijo desde el otro lado del hilo, pero también desde el otro lado de la vida, que Luz Acaso había hecho testamento y que me había nombrado albacea.

—¿Cómo lo sabes? —pregunté sorprendido.

—Hice averiguaciones en el Registro de Últimas Voluntades del ministerio de Justicia.

Me sorprendió que a una persona que vivía en el lado izquierdo se le hubiera ocurrido hacer algo que ni siquiera a mí, experimentado periodista, se me había pasado por la cabeza. Se lo dije.

—Por eso tus reportajes son convencionales —respondió—; buenos, pero convencionales.

No digo que no hubiera oído hablar en alguna ocasión de ese curioso Registro de Últimas Voluntades, pero cómo creer que el Estado era capaz de gestionar el deseo de los muertos si le venía grande el de los vivos.

La cuestión, en fin, es que me había convertido en el albacea o ejecutor (qué palabras, por cierto) de aquel curioso testamento que dejaba los escasos bienes de Luz Acaso —el piso de Praga y una cuenta de ahorro— a Álvaro Abril y a María José. Era evidente que para llevar a cabo ese reparto no hacía falta un albacea, pero sí un narrador, un narrador que al contar los últimos días de Luz Acaso tuviera, sin comprender por qué, la impresión de ordenar su propia vida.